novum pro

Berta Tamás

A LÉLEK
A SZÁNDÉK…
A TÖBBI OLYKOR CSAK
SZERENCSE
DOLGA…

novum pro

www.novumpublishing.hu

Minden jog fenntartva,
beleértve a mű film,
rádió és televízió, fotómechanikai
kiadását, hanghordozón és
elektronikus adathordozón való
forgalmazását, valamint kivonat
megjelentetését, illetve az
utánnyomását is.

Nyomtatva az Európai Unióban
környezetbarát, klór- és savmentes,
fehérített papírra.

© 2016 novum publishing

ISBN 978-3-99048-476-0
Lektor: Tömösvári Emese
Borítóképek: Ghostprophet,
Anne Kitzman | Dreamstime.com
Borító, tördelés & nyomda:
novum publishing

www.novumpublishing.hu

Kislányomnak, Lellének örök szeretettel

A lélek olyan örvény, amelyben minden ösztönünk, érzésünk és gondolatunk szüntelen kavarog, és amit ha meg nem tudunk szelídíteni, magába szippant, és elnyel örökre. Talán olykor vágyunk is a folytonos körökre, hogy bennük kavarogjunk, de az időtlen forgás addig koptat minket, míg már húsunkba vág, és a fájdalom elviselhetetlenné válik.

A lélek az emberi szándék, nem tetteink vitatható következménye, pusztán a szándék, a tettek mozgató rugója, a gondolatok szülője, érzelmeink útnak indítója.

Annyira bonyolult a világ, annyira nagy a tér, amelyben szempontot választhatunk, honnét szemléljük az eseményeket. Annyi kis tényező vet árnyékot, hogy ugyanazon dolog egyik helyről nézve tündököl, a másikról pedig sötétségbe vesző szürke árny. Mindez kevéssé számít. Ami rajtunk múlik, mindössze annyi, hogy igyekezzünk a lehető legjobb szándékkal szemlélni és viselni dolgainkat. Viselt dolgaink... Bizony, ha a lélek a szándék, akkor tetteink magunkra vett gúnyánk. Mások sokszor csak ennyit látnak belőlünk. Külsőségeinkből ítélnek meg. De ha valaki a barátunk, ő a lelkünk miatt szeret minket, és ha olykor olyan ruhában lát is, ami neki nem tetsző, tudni fogja, ez semmit sem számít, csak az, hogy tiszta lélekkel állunk előtte.

A lélek szándékainkat igazgató büszke vad; világot kavaró örvény...
Egy örvényt nem lehet erővel megszelídíteni, és kényünk-kedvünk szerint használni. Egy esélyünk van csak: elfogadjuk forgását, vele mozgunk, követjük. Ha úgy haladunk utunkon, ahogy ő halad, akkor hozzánk képest állandóvá, állóvá válik, és együtt nyugodt egységet teremtünk, miközben forogva, ballagva, vagy éppen rohanva haladunk az úton magunkban, vagy másokkal kéz a kézben...

A nyugat keleti féltekén

Egy elidegenült vízió mereng
A szertefoszló távoli délibáb kék vizében,
Lelkesedés és kétségbeesett sikoly kering a szívekben.

Ellenállhatatlanul csábít a távoli magány,
És mégis rettegett ellenség a kétségbeejtő távlat,
Mely hív, és közben rémisztő magasságban vágtat.

Örvénylő kút habjai csapnak össze az ősz fejek felett,
Elnyelik az idő borús harmatot csepegtető párlatát,
Keskeny, gyenge kíntéglákból emelnek fel egy új hazát.

Kemény lépteket nem bíró falaim megremegnek,
Újra magához emel az ismeretlen szempár fátylas képe,
Nem ismer meg a régről ismert Nap sugárzó fénye.

És a gondolatok üres folttá változnak,
Agyamban újra béke és rend uralkodik, de nem ezt akartam,
Mert nem is ott uralkodik, hanem most már rajtam.

„A szél meghajlítja majd a
Gyenge gerinceket
Sötét tekintetek fedik el
Az eget
Mágusok varázsa
Síró átkot szül
Bakók talpa alatt a
Szél messze fütyül.

Ahogy az álmot ébredéssé,
Szavaim tettekké gyúrom,
Pattanásig feszítem
Sokat húzott húrom,
Igaz éneket pendítek vele
Az töltse szívemet vígasszal tele."

„Adjátok vissza a szót,
Meguntam a harcot,
Már nem számít, ha megloptok,
De ezzel megcsaltok.
Az Isten a kegyelem,
A magány a bánat,
Had vívjak inkább
Pajkos szócsatákat.
Fegyverem már nehéz,
Túl sok sors száradt rá,
Nem vagyok én harcos,
Csak kopott íródeák."

„*A*mennyi jut, annyival örvendünk, s leszünk tökéletesek úgy, ahogy leszünk, hisz' míg csillag vezeti utunk, s Jézus kezét érinthetjük, nem számít merre, s miképpen megyünk…"

Angyalok szárnya,
Éjszakák árnya,
Álom rettegése,
Vad virágok álma.

Ember és teremtés
Átkozott rettegés,
Foglyok a szívek
Fakuló színek.

Mennyei hangok,
Odvas vasharangok
Távoli banga bálvány,
Olvadt tiszti rangok.

Keskeny hidak,
Mély szakadékok,
Ármányon vett,
Hazug hagyatékok.

Hiába a romlás,
A fájdalmas borongás,
Légy te győztes élet,
Ha hited megméret.

Száguldj és szárnyalj
Messze a mával,
De imáid képei
Legyenek a ma emlékei.

Angyalok születnek, de ördögök halnak,
Hol hibáztuk el magunk',
Nincsenek már tiszta gyémánt gyöngyök,
Kapzsiságuk zárvánnyá fajult.
Melengető szobák mélyén sírva,
Miért találok oly sok gyermeket,
Úgy vonszoljuk csorba életünket,
Mint mi a sárban megrekedt.
Mért' látok még ma is annyi árvát,
Hová tűnt a fény a Hold színéből,
Úgy bolyongunk tétován az úton,
Mint kiknek kiveszett minden a szívéből.
Utcasarkon, lányokhoz, ha lépünk,
Pénzt kérnek a testükért cserébe,
S nem értik, hogy lelküket adják el
Egy pár új cipőnek fejébe'...
Angyalok születtek, csakis angyalok...
Üres kéne' legyen a pokol, s árva a Sátán,
S most mégis hosszú sorokban kígyóznak
Az elveszett lelkek, mindegyik kereszttel a hátán,
Nyüszítve tetteik égető súlya alatt.
Én nem értem ezt, hol van a hiba:
Angyalból én mikor lettem senki?
Mennyi időnk van még itt a Földön?
Mennyi van még hervadt életünkből?
S mért' kell azt is rút pokollá tenni?

„Az álmok szilánkosan törnek,
S az apró szilánkok meggyötörnek.
A lelkedbe tokozódva
Folyamatos enyhe égő érzés,
S ha az emlékek megmozdítják,
Üvöltő fájdalom, szúrás, vérzés...

S ha mindet ki is vakarod,
Talán a fájdalom múlik,
El nem apad,
Lappang, leselkedik
S ha felednél, rád ront, torkon ragad.

Az álom, ha széttört,
A darabjai megmaradnak...
De ez nem gonddal szétszedett kép,
Mit újra összerakhatsz.

A szilánkok egymáshoz már nem illenek,
S torz lesz, mi belőlük összeáll,
Azt szeretni már nem tudod,
Azt szeretni nem lehet.
Nem ad nyugtató ihletet,
Hiteget, meggyötör, s végül eltemet.

Az álmok szilánkosan törnek,
S a szilánkok bizton meggyötörnek,
Bántanak, de meg nem ölnek.
Nem engedik, hogy felejts,
De a szépet bennük már nem láthatod.
Nem láthatod...
Bármennyire vágyod...
Szilánkosan törnek,
S a szilánkok meggyötörnek...

Azok a buta székelyek, mondták Kolozsvárott,
Az arcuk komoly volt, de a hangjuk hahotázott...
Szemük a távolba révedt, s míg a regéket mondták,
Az emlékfoszlányok a Havasokat asztalunkhoz hozták.
Sok szép régi beszéd kúszott rögtön körénk,
S mi faltuk a meséket, mint koldus-alamizsnát az utca kövén.
És ahogy a kincses város utcáit jártuk víg kedéllyel,
Mátyás király szülőháza állt elénk kevélyen.
S ahány utcasarok, annyi újabb csoda a „magyar világból"
És magyar szófoszlányok... egyre több irányból...

„Azt hittem, bármilyen szorítást kibírok,
Ha nagy a fájdalom, legfeljebb leírom...
De most túlnőtt rajtam a szívem,
Súlya alatt megroppant hitem,
És az árnyak egyre jönnek felém,
És úgy plántálják a kételyt belém,
Hogy már tiltakozni sincs erőm,
Meghímzem ünnepi szemfedőm,
És várom a gondviselés ítéletét,
Hűsítő, megszentelt leheletét."

Balga játék az élet...
Néha frissítő szellő, néha merénylet.
Sorsom egy barlang – tán szomszédos tiéddel,
Sötét falait színes ábrákkal díszítem,
Mint Te díszítetted hajdan a szívem...
Lelkem egy aprócska forrás a legmélyebb odúban,
S mint szülői kéz pihen az alvó gyermeken,
Úgy borít be hűs permete a borúban.
Mennydörgő vihar, ha közeleg,
Tiédbe rejtem csak kezemet,
És máris nyugalmat lelek,
Gyönyörű szemed gyógyítja lelkemet.

Balga játék a mi szerelmünk,
Melynek kertjébe szívünket tereltük,
S csak az Isten látja, mi lesz velünk,
Hová jut testünk s a szellemünk.
De én hiszem, hogy szeret minket az Ég,
Bár hibázunk gyakran,
Mint csacska kamaszok tavasszal,
Ha lángolásuk eltapossa lelkük,
Felperzseli sarjadó szerelmük.
De szeretetünk nem szűnt meg soha,
Úgy örök az, mint angyalok sóhaja.
S bár most elgurult barlangom sötét szegletébe,
Majd meglelem egy bíborszín mesében...

Bár értené valaki azt a fájdalmat a semmi felett,
Ami bennem tör egyre feljebb, egyre feljebb,
Azt, hogy ez nem önsajnálat, nem dacos harag,
Hanem ezrek és milliók eltört dühe,
Elméikbe égő ocsmány kínok, miket láttak,
Vigasztaló égi angyalok bánata,
Kik segíteni alászálltak, és rémülten tértek vissza.

Ez gyermekek kétségbeesett utolsó kiáltása,
Hogy észrevegyék őket,
Öregek zokogása a temetetlen sír felett,
Hol lányuk nyugszik, s melyhez fiuk nem léphetett,
Mert egy messzi fronton elveszett.
Vagy éppen egy kutya tekintete, ki nézi,
Ahogy az imádott gazdit továbbviszi a kocsi,
Pedig ő még ott van, ottmaradt.
A fájdalom, mikor a tudat belé hasít,
Nem maradt, hanem hagyták,
S mostantól a távoli hegyhát mögött lapuló falu
Nem az ő otthona.

Ez a düh fájdalma, mikor tehetetlenségbe fullad,
S a határon túlra rekedt magyarok kétségbeesése,
Kiket senki, de senki sem véd meg,
S kiket szüleik földjén aláznak naponta,
Míg nemzetük szemlesütve hátat fordít,
És hangosabbra veszi a magyar nótát,
Ha egykori bajtársa túl hangosan ordít...

Fiú lelkének mardosása, ki lopva tekint kishúgára,
Ki a család kedvence, minden mozdulata csoda,
De ha ő ásít, táncol vagy a folyosón szalad,
Arra senki sem kapja fel fejét.
A lány szégyene, kinek tűrni kellett,
Ha az idegen férfi a másik szobában az anyja mellett
Felkelt az éjszaka közepén, és megállt ágya mellett.

Az elhagyott feleség értetlensége és lelkének üressége,
Hogy a szeretett férfi így dob el húsz évet,
Mit bárhogy is, de együtt éltek,
S a férjek hánykódása éjjel, mikor párja
A fal felé fordul, és fáradtan álomba zuhan,
Míg a tévé, a plakát, a kolléga a gyár udvarán
Mind forró éjjelekről mesél...

Ezt a fájdalmat senkinek sem kell érteni,
Ez az én keresztem, nekem kell cipelnem,
Míg a kálvária egyre csak magasodik
Mint kínok megelevenedő hegye,
És senki sem lép ki a tömegből,
Hogy terhemet átvegye.

Barátság, csak léhűtő úri kegy
Mi úgy tűnik, nem jár már nekünk.
Hol és mi romlott el, nem tudom,
De elmúlt egy szürke hajnalon.

Sosem hittem, hogy így fordul az idő,
Hogy ez nem csak mások gondja.
S most mégis üresség motoszkál,
S didergek, mint fogoly, ha motozzák.

Oly sok mindent veszítettünk el,
Felfogni talán nem tudjuk még.

Szívem szakad a temetetlen holt felett,
S elmém sajog, míg mindent elfeled.

Barátság, odalett a mindennapi semmiért,
Mikor magunk baját egymásban kerestük.

Barátság... eltörtük, s ha össze is ragad,
Félek, a csúf sebek akkor is látszanak...

Beleolvadtam a múltba
Szétforgácsolódva,
Értelmetlen számháborúkba,
Mások szándékában égve,
Új időt, szebb időt, nagy csodát
Remélve.

Bennem naponta elevent ölt Mohács,
Mindennap reám támad és emészt.
Porba hullott veszni szánt lelkemben,
Szívem mégis remél, életnek szenteltem.

Bennem Trianonért kong a vészharang,
Tüzes táncot jár bánat és harag.
Tolvaj kezek nyúlnak mind' felől felém,
Mégis életben tart a hűséges remény.

Bennem Őszöd szavai alázzák a létet,
Hitem ellen törő aljas merénylet
Kenetlen vezetőként ráncigál a jelen,
De nem hagyhat nyomot magyar jellemen...

Beszédes ébredések,
Eltékozolt napok.Annyi átkozott harc után
Megtépett, megfakult ruhámban
És lelakott otthonom romjain
Állok szánalmas képpel.

Bámulok bambán a világra,
Most mit akartok, mit vártok tőlem?
Azt hittem, rendes ember kell, legyek,
Olthatatlan, elvakult reménnyel.

Adjátok vissza a sorsom, vagy
Mutassátok meg végre a valódit.
Testem elhervad, szívem gyenge
Lelkem, a lelkem folyton csak csalódik...

Könyörgés ez, nem halottas ének,
Ölelj meg, ha azt hallod,
Segítséget, segítséget várok,
Vezessenek csillogó Égi fények!

Ketrecem ajtaja a rozsdás zsanérokkal
Nem nyílik már gyenge szellők láttán,
Vihar kell, vihar, tomboló erő,
Mi nem pihen meg a hétköznapok vállán.

Kegyelmet vagy tiszta kihívást csak...
Ennyit kiáltok, nem szálló óhajokat.
Küzdelemhez kedvet és erőt,
Ébren töltött, álmodó napokat.

Borús esték, széttört szerelmek,
Fényes úton tükröződő lelkek,
Halvány sárgulat a napkorong az égen,
Törpetánc az élet lent az erdőszélen.

Zavaros bor a talpas poharamban,
Megkísért az Ördög egy újabb alakban.
Síró hegedűszó sarkantyúja hangja,
Keserű énekszó lelkének haragja.

Záporos este, megtört szolga-lelkek
Magányos bűntudattal sorra útra keltek.
Suhannak az égen, tán nyugalmat leltek,
Fényes úton tükröződő lelkek.

„Cigarettára gyújtottam élvezetes megszokással,
És eggyé forrtam a jelennel, míg a múltat jártam.
Álmodozva fújtam ki a füstöt a fátyol messzeségbe,
Elmerülve életemben, mint pap a szentbeszédben.
Kusza színfolt volt az a pár járókelő, aki arra tévedt,
Szemem meg-megakadt rajtuk, míg a múltba révedt.
Volt, ki boldog volt, ki nem, volt, kire nem volt szavam,
De senki nem volt oly szerencsétlen ott, mint jómagam...
A füst jó volt hozzám, mindent elfedett, eltakart,
S azt képzelhetett az elmém, amit csak akart.
Így történt, hogy magányomban, bánatom felett
Nyugodt szigetté vált bennem a zaklatott jelen.
Szinte boldogan dőltem hátra ezzel a tudattal,
Újabb cigarettát húztam elő, és tűz után kutattam.
Nagyot szívtam a dohányfüstből, végig járt melege,
S elindultam, hogy tovább játsszam megszokott szerepem..."

Csak régi dalokat zengek,
Csak régi korok emlékéből élek,
Nincs jelenem, sem jövőm, csak a múlt,
A régi szavakat vetem s érlelem,
S újra s újra mindig élvezem.
Gyermek voltam, s a jövőmet találgatták,
Mikor a karjaikba fogtak,
De én már akkor is..., sírni is múlt időben szoktam,
S lettem nagyobb, s égtem tovább.
Akkoriban a jelen lángolt, a jövő meg rohadt,
S a múlt, a múlt kivirágzott.
Virágait gyűjtöttem éveken át,
S nedűjükkel oltottam jelenem lángjait,
De ostoba emberi módon pusztulni hagytam
Virágok szirmainak százait.
Most itt állok hervadt csokorral,
Nem látom őket, s ők sem engem,
Nincsenek új dalok, csak a régieket zengem.

„Dagadjanak a vitorlák és feszüljön az árboc,
Száguldjunk végre jobb világ felé,
És úgy érkezzünk majd az Úr elé,
Hogy azt mondhassuk, mi megtettünk mindent,
Mit testünk elbírt a lélek akaratából.
Mentettünk hitet és embert egy pusztuló hazából,
Mi hibáztunk, de sosem készakarva,
És több gyermeket emeltünk magasba,
Mint elleneink kardot,
S ha igazunk hirdettük, nem gyilkoltunk,
Csak húztuk a harangot.
Mi olyan világot kerestünk, ahol a pénz tényleg csak eszköz,
Nem a mindennapok istene, imája,
Ahol megbocsátható a magunk és mások hibája.
És mi oltárt emeltünk, de fényes templomot nem,
Fából bölcsőt, nem erődöt,
S tudtuk, ha fáradtunk:
Jó ügy ez, és meríthetünk erődből.
S lásd, megtört minket az idő, a munka,
Hajlott hátunk sajog, hogy sírni lenne kedvünk,
De szemünk tiszta vizű, ragyogó maradt,
Mert mi... mi, ami tőlünk tellett, azt mind megtettük."

Dísztelen már a királyi palást,
Mely lényedként borulhatott reám.
Nem zúg már a hangos rivalgás sem,
Mi létem ünnepelte általad.
De megmaradt, mi megmaradt,
A vágyakozó üresség, mi palotámmá nőtt,
S én benne bolyongok, s keresem a régi képeket
Vagy táncterem óriás ablakát s túl a kék eget.
De a freskók földre hulltak, ahogy az álom szerte porladt,
S az ablakokat deszka rejti már,
A fény csak rések között átszűrődő fájdalom,
Mi a felvert port láttatja csupán,
Mit szétfeslett topánom szertekergetett...
Őrületbe kerget ez az érzés:
Királyságom megbillent bárka már csupán,
S kiugrált mind, ki egy szebb világ felé velem tartott,
S maradtam én, mint megtört kapitány,
Ki védelmezni már képtelen... önmagát sem tudja,
S ruhájának dísze gyorsan lekopva hagyja el,
Egyenes háta percről percre görnyed,
Csapzott szakálla egy pillanatra ered,
S könnyes szemmel nézi a távolodó mentőcsónakot,
Nézi, aggódva érte az, kit amaz ott hagyott...

De én nem hagyhatom el a süllyedő hajót,
Ezt üzeni belsőm, akkor is, ha életemre tör,
S szánakozva gondolok magamra,
Nem csodálom, hogy végül magamra hagytak,
Én se tudnám szeretni azt tűzzel, ki most vagyok,
Nem lobbantok már másokban lángot,
Éppen annak eloltója lettem,
Ki azért még emlékszik büszke önmagára,
Sok szép, bátorságot áldó szavára,
Emlékszik, miképp a seregek élén állott,
Ahogy megmászatlan bércekre mászott,
Tüzet lövellő, deli szép szemére,
Emlékszik az elsöprő vaksi reményre...

S most nem maradt más, mint a könnyek keserűje,
S félelem, a magányos gondolatok,
Üres falak, üres szobák, bennük semmi élet,
S a lét, mi süllyedő bárkaként vigyáz...
Mindeközben én megmaradok,
Hogy minden percben újra s újra fájjon,
Hogy te vagy valahol.

Egy bőröndbe raktam az életem,
Bár nem tudom, hogy éltem-e,
Vagy nem volt más, csak puszta lét,
Mi szívem durván zúzta szét.

Most egyedül ülök a fülledt vonaton,
Félresiklott életemet vele vonatom,
Mert én magam rossz irányba húztam,
S a szívemet így darabokra zúztam.

A vonatülésen mellettem a bőrönd,
Csendben lapul a sötétzöldes bőrön,
A vonat fékez végig-szántva megkopott sínemet,
S darabokra zúzza porba hullt szívemet.

„Egy pókszőtte hajnalon
Rám tört a láz és a fájdalom...
Égő szemem, ahogy a világra vetettem,
Eltűnt belőle minden, mit szerettem.
S még tovább gyötörtek a hírek,
Ahogy a képernyőn egymásnak estek a hívek;
Arabok siratták sorsukat a közeli keleten,
S híztak a könnyek a gyermekszemeken.
Mások vidáman lőtték az eget, mert nyertek,
Ezzel egy időben Aradon magyarokat vertek.
Én meg csak figyeltem, és zsugorodtam a széken,
Mint a Nap sötét felhők gyűrűjében az égen.
S egyszer csak rájöttem abban a kicsinyke házban:
Én jól vagyok, a világ ég lázban;
S ha az életben ennyi a fájdalom,
Inkább továbbszállok angyalszárnyamon."

Elborzadtam,
Kik vagytok, mit akartok,
Kiket képviseltek,
Kiket gyűlöltök,
Szerettek?
Miért dolgoztok, küzdötök,
Mi mozgat benneteket,
Kik keltik felettünk a sötét fellegeket?
Ti?
Vagy mások, akik kihasználnak
Benneteket is, mert tudják:
Kapzsi és elvtelen nemzeten
Könnyű láthatatlan erőszakot tenni,
Mert nincs, aki vezesse,
Nincs kihez panaszra menni...

Kik vagytok, mit akartok, mi a tervetek,
Kiket képviseltek, kinek kapartok,
Mondjátok ki végre: mit is akartok!
Szavatok kígyó, csúszó, sziszegő veszély,
Kedvetek nem magyar,
Csak görcsös, női szeszély.

Lekuporodom egy szürke sarokba,
És ott várom meg számadástok,
Én már meguntam ellenkezni, küzdeni,
Rúgkapálni, ajtószárfában kapaszkodni,
Míg a cellák felé húznak, rángatnak, nyúznak...

Már csak magamtól kérdezem:
Kik vagytok, miért pont mi kellünk
Nektek?
Miért akartok vezetni, ha nem szerettek?
Már csak motyogok, nyüszítek,
Nem üvöltök, nem, nem!

Most már nem akarok meggyőzni senkit,
Végképp nem tudatlanságban mentséget kereső,
Tékozló, ősöket tagadó, hatalmat imádó,
Csukott szemekkel élő, halott lelkeket.
De meg kell, meg akarom győzni, menteni
Azt a pár gyermeket, ki jobb sorsra érdemes,
Ezért míg jómagam vagy ti éltek, vagy haltok,
Mindig kérdezni fogom:
Kik vagytok, és mit akartok?

Elfeledtük őseink tanítását,
Kicsiny ládába rejtettük minden tudásuk,
Templom alapjába rejtve
Hatalmas kövek alá ástuk,
Eltűnődve ballagtunk ezer éven át,
Építettünk házat, várat, hazát,
De sehogy sem találtunk otthont,
Nem leltünk hű barátokat vagy
Igazszívű szövetségest legalább...

Kaptunk viszont csúf szavakat, tarka ruhát,
S ha nem kellett, rabigát.
Adtak nekünk másik nyelvet,
Ágyunkba idegen asszonyt,
Új betűket, számokat, pénzt,
Ármányt, árulást, haszonlesést.

Istenüket fölébünk helyezték,
Mert nem hitték tulajdon tanításukat,
Hogy hiába más nép, más szertartás, ima
Egyazon Isten felé emelik karjukat.

Kutya a magyar!
Hűséggel követte társát, gazdáját,
Bármily sötét mezőn indult,
Bármily ördöggel cimborált,
Bármekkorát rúgott is belé,
Bármekkora ellenség rohant is felé.
Bárhogy simított a gazda idegen ebeket,
Bárhogy lapult is az, míg a magyar vérzett,
Bárhogy röhögtek is horpadt hasán, amíg lakomáztak,
Háta mögött a sintérrel komáztak.
Követte a magyar, és leste szeretetét,
Hordta még pórázát is, bár lehajtott fejjel,
Ugrott a füttyre és megtagadta sajátját,
Feladta értük kedvesét, hazáját...

De szívét nem vették el, megőrizte...
Hatalmas, búsuló szívét...
Megtartotta, s most azt fűti a bánat,
Elhervadt lélekkel tapint testén gyengülő vénákat,
S dühe csak emészti egyre.

Elhangzott már az a szó, amire vártál
Nem kénköves sóhajból szállt fel,
Nem operaénekes képzett torkából,
Nem ügynökök tanult, hibátlan stílusából,
Nem erdők mélyéből farkas vonyításából,
Nem katonák félelmetes harci üvöltéséből,
Nem tarka zenészek dallamából,
Hanem kedvesed szavából.

Megtörtént már az ölelés, amire vágytál,
Nem díjkiosztón egy idegentől,
Nem éjfélkor jó szándékú szellemektől,
Nem távoli rokontól, kit évtizedben egyszer látsz,
Nem úgy ölelt a mentorként tisztelt tanár,
Nem férfi barátságok erőt adó ölelése,
Nem tivornyákon a hajnal hangjaival,
Hanem kedvesed ölelt át puha karjaival...

Élj a múltban, ha úgy érzed,
Ott a helyed,
Keresd a folyók elfolyt vizét
És önnön szellemedet.

A múlt hóhér lelkű,
A magunk ácsolt korhadó keresztünk
Viszi a tiszta havat, viszi a legszebb virágokat,
Viszi, kit szerettünk...

Élj a múltban is, ha úgy érzed,
Ott is kell, szeress,
De az elmúlt idők vizében
Csak igazgyöngyöt keress.

És bármit találsz ott,
Legyen egyszerű, tiszta, kellemes,
Ne feledd, most vár rád valaki,
Kiért élni érdemes.

Elkárhozott az idő,
Mikor olyan századokat vett magára,
Ahol az élet fabatkát sem ért,
Elkárhozott, mikor annyit sem adott,
Mennyit egy béna koldus kért.

Elkárhozott, mikor anyákat ocsmány
Kéj elé vetett,
Elkárhozott, mikor árvák szeme előtt
Apákat temetett.

Az idő elkárhozott,
Mikor milliók kárhoztak el általa,
Elkárhozik újra és újra,
Mikor az életnek ártana...

Elkárhozott idő bűnös sorsokat szül,
Csak maroknyi igaz születik és őszül,
S temérdek hazug és csaló garázdálkodik,
De hamu lesz mind, mikor idejük végleg elkárhozik.

„Elment a nyár és véget ért az álom,
Megalázott tudósok és szétvert képviselők,
Ennyi jelzi csak, hogy rányomódott hazánkra
Egy újabb súlyos lábnyom...

Nem idegen csizma tapos rajtunk,
Nem is reszketeg, vékony nyakunkra tapos.
Épp csak pihen rajtunk: életben hagy, de élni nem,
Vagyunk annyik, mennyire fejet a tisztességnek hajtunk.

És bizony kevesek vagyunk mostanában,
Nem szárnyaló elmék háza már hazánk,
Keseredett, görbe-délceg huszárok hazája lettünk,
Épp csak vergődik a lelkünk, száz félelem és kín,
s az ember egymagában."

Volt már nehéz, volt már kilátástalan is,
De felemelte fejét a megalázott agg,
S ha egy fejszesuhintásra jutott is csak erejéből,
S még csak hasznát sem látta az újabb fájdalomnak,
Bizony akkor sem múltak percei hasztalan.
Elragadt engem is az élet,
ami a Földön talán mindnyájunkra vár,
Ez nem madárdalos mese, nem csodákkal tűzdelt lányregény,
Szegényes emberi képzelet szőtte időfonat
és ócska szabályok elegye.
Eleven hegye az aljasságnak és a szemforgató ítélkezésnek,
Erkölcsről papoló, tengernyi erkölcstelen, elvtelen bohóc,
Akik hatalommániától megvakultan taposnak végig másokon,
Elfeledve mindent, mi valódi érték,
s képzelve önmagukat vezetőnek,
S mutatkozva vezeklőnek,
akik éppen a mi hibáinkat szenvedik...
Pedig fogalmuk sincs a bűnbánatról, alázatról vagy szeretetről,
Amit csak a csendben, az Úrral s önmagával békében élő,
Természettel harmóniát kereső ember érthet és élhet...
Hát feje tetejére állt ez a világ?
Hát az van fent, kinek még lent sem kellene?
S folyton szenvedés és nélkülözés jár annak,
aki másokat élni hagy?
Hát kifordult tényleg sarkából a Föld? S az élet, mi rajta élhető?
Hát szükségszerű, hogy vérrel mocskolt,
ócska pénz legyen a szemfedő...?
Eltemetett ünnepeink feszítik a jelent.
Ki nem mondott fohászaink szorítják a torkunk,
Idegenek által meggyalázva elkapart őseink
„Rosszra fordult jelenünk" suttogó őrei.
Ezredévek jönnek, mennek koldusbottal vállukon,
S mi, gyorsan tűnő porszemek, lépteik nyomán
Felreppenünk, s eltűnünk egy fuvallattal,
De emlékünk szétterül a tájon szép magyar szavakban.

„Elvették...
De hazatértek,
Nem tudom pontosan, mit is reméltek,
De tudom, hogy élni akartak,
Emelt fővel, egyenes háttal,
S nem leszegett tekintettel.
És nem ingyen, de kemény munkával,
Tisztességgel, egységben, erénnyel,
Összebújva az ölelő reménnyel.

Hazatértek sorra, ünnepelve,
Nem harsogva szerte a világba',
Csak apró mosollyal jelezve egymásnak,
Sorsuk újra közös egy közös hazában...

Hazatértek...
De elvették újra...
S a szívünket nyomasztó súlyra
Újabb mázsa került,
Mikor az igazság álomba szenderült
És nem vette észre, mit is tesznek:
Sírgödrét ássák egy kicsiny nemzetnek..."

Emelt fővel járni...
Micsoda elérhetetlen álom ez manapság,
Mikor ezerszer kísért meg a másik oldal,
És bizony, olykor már nincs erő ellenállni,
Újabb fájdalmas harchoz ringbe szállni,
Inkább engedünk az arannyal futtatott zsarolásnak,
És megegyezünk előre egy bűzös szobában,
S így nem kell egyebet tenni,
Mint az első menet végén padlóra feküdni...

Egyenes gerinccel élni...
Ó, lassan messze tűnik az illúzió,
Hogy lehetséges ez fotelben görnyedve,
Komputerek előtt bájtokra förmedve,
A bankban kígyózó sor közepén állva,
Csillogó autóba szállva,
Az utcán a földet csikk után kutatva,
Ahelyett, hogy eget ostromló keresztre tekintenénk,
Ami messze csillog a megfakult égen, a templomtorony tetején,
Mint rég a szürkeségben, kéz a kézben, Te meg én.

Nyugodt szívvel álomba merülni...
Kevesek kiváltsága lett.
A napközben magunkba szívott forgatag,
Az aluljáróban terjengő olcsó bor szaga,
A dudaszóval vegyülő szitkok,
A tárgyalótermekből kiszökő, megvadult titkok
Mind az ágyunk fölé hajolnak,
És nem nyugtató éneket dalolnak,
Hanem fejünkre olvassák részünket önmagukban,
És végig kell néznünk tivornyájukat
Álmatlan hajnalunkban...

Én éjszaka azért még gyakorta megébredek,
És hánykolódom ágyamban éberen,
Könnyem ugrásra kész, gyöngyözik homlokom,
S megcsillan az első napsugárban,
Mint a jég távoli ormokon.

Bár a napok temetik a múltat és az emlékeket,
Nem tudják kordában tartani a jelent,
S míg az idő a régi sebeket férceli,
Váratlan feltűnik szívemben egy érzés,
Mint patakban messzi sziklák ritka ércei.

Igyekszem én megválogatni minden gondolatot,
Áldozok a jövőnek hitet, hódolatot,
Mégsem feledhetem azt, akit szerettem,
Kit óvtam, őriztem, bántottam, eldobtam,
S kit tettem magammá énhelyettem...

Én naponta fürkészem a jövőnek útjait,
Csakúgy, mint a múlt feneketlen kútjait,
Apró jelekből gyúrok kusza, díszes tényeket,
Keresem az Istent, eltűnt szerelmem,
S gyúrok versben mellém társul fura lényeket.

Én már csak így, keserédesen élek napról napra,
Figyelek tolvajra, szeretőre, papra,
De bárhogy csűröm-csavarom jelenem,
A múlt mindig nyomomban jár,
S a jövő fátyolában ott gomolyog a régi szerelem.

Én még emlékszem a napra, mikor elkárhozott a lelkem.
Emlékszem a zápor illatára, emlékszem kedvesem szavára.
Emlékszem az ég színére, a völgyben végigfutó szélre.
Nem volt az a nap sem különleges, sem meglepő,
Nem volt rejtélyes a reggel, sem sötét fellegekkel takart a dél,
Estebédre érve mégis eltűnt a remény.
Ott, akkor, csak az én fejemben játszódtak furcsa dolgok.
Emlékszem még, ahogy a gondolat cikázott:
Rohant, zakatolt és végül hibázott.
Emlékszem a szememre, nem bírt a könnyekkel,
Úgy engedte útra őket, mint hadvezér a sereget,
Szánta őket teljes szívből, de a harcban mást nem tehetett.
Ott, akkor a lelkemnek nagyobbik darabja elolvadt csendesen,
Mint gyenge hó késő tavasszal a meggyötört fenyvesen,
Ott, akkor a szívem őszintébbik része elhervadt magában,
És ott csengett az ítélet a többiek szavában.
Elestem napja egy unalmas kis nap volt, mit nem jegyez senki,
Nem volt pátosz, sem tragédia, nem volt színes, se színtelen,
A világban nem hagyott nyomot, csak a szívemen...

Erdő, erdő, kerek erdő szívem közepében,
Ott ücsörög egy vén holló együtt a reménnyel.
Nagyot üvölt, torka vörös, zenget minden ágat,
Megborzong a hajnal tőle, derengnek a vágyak.

Szívem, szívem, ha kijönnél a sűrű erdőből,
Kibújna a világ végre a bárány bőréből.
Elővillanna foga a mosoly-takarásból,
Ördög válna egyszeriben a tarka angyalmásból.

Ej, remény, ej, remény, ott az ágak közé bújva,
Mit ücsörögsz egyre csak sorsodon búsulva?
Bökd meg azt a kehes hollót széltében melletted,
Ne hagyd, hogy a vágyainkat messzire kergesse.

A vágy hadd lobogjon végre, fényt vetve szívemre,
Hozzon tiszta pirkadatot éjsötét hitemre.
Akkor a szívem előjön az erdő közepéből,
Lerántja a szürke fátylat mindenki szeméről.

És ha a világ rútságát mindenki meglátja,
Ej, bozontos bánat az embert megszállja.
De a bánat hollószárnyon, hogyha távolba száll,
Helyére a remény mellé majd a szeretet áll.

És akkor váratlanul elfog valami szívszorító érzés...
Jaj, a gyomrom, a torkom... minden elszorul.
Miért taglóz le már megint ez a valami, mikor az imént még erős és határozott léptekkel jöttem a folyosón, és aki látott, azt gondolhatta, hogy kiegyensúlyozott céltudatosság hajt előre? Magam is ezt gondoltam.

Most meg pár kósza emlékkép, pár egykori barát, néhány nyakaszegett bohóc mondata – egy levélből – s máris úgy ülök itt, mint egy letaglózott marha, aki hinni sem bírja, hogy erején felülkerekedtek.

Még jó, hogy feltalálták az írást. Még jó, hogy megáldott ezzel minket az Isten.

Nem tudom, mihez kezdhetnék különben ilyenkor... Hová menekülnék... Kiben vagy miben találnék társat...

Már-már úgy érzem, hogy összekapargattam az életem és a szívem apró kis szilánkjait, és akkor jön újra egy érzés... egy érzés, egy mondat, egy szó, egy mozdulat, ami akkora vihart kavar bennem, hogy annak orkánja újra távolra sodorja őket.

S én csak ülök zihálva, mint rendesen, és erősen becsukom a szemem és kapaszkodom, és várom, hogy elüljön a förgeteg.

És akkor majd újra erőt gyűjtök, és majd felkelek és elkezdem összeszedegetni a szilánkokat, és azt sem fogom bánni, ha talpamat, tenyeremet összevágják, mert hinni fogom, hogy sikerülhet... s boldogság vár rám is ezen a világon.

Tél köszönt a havasokra...

Esik a hó... és hát esik más is.
Józsi bátyám az... de majd hazamászik.
Ezer lábnyom indul a kocsmából,
Sok asszony kiabál, tán puszta hálából.

Tél köszönt a csapzott kis falura,
Pityókás jókedvből ekkor lesz fabula.
Máskor tartható kacska léptek
Most a csúszós útról le-letérnek.

Fogacsi gyerekhad kacagva csodálja,
Hogy létezik a felnőttek ilyen rút csodája.
Erőskezű apák most gyenge lábon járnak,
Pálinkás jókedvvel az árokba szállnak...

Egy-egy kis kapuban termetes fehérnép,
Elázott jó ura tétován felé lép.
Hangos rikoltással suhan a sodrófa,
Még mielőtt a részegség békébe sodródna.

De mindezen közben és ezzel együtt is
Győz az erkölcs és az istenhit,
S a meggyónt elhajlás elfeledésével
Összebújik a bűnös végre kedvesével...

„Etesd meg azt a gyermeket,
Ki forgatja, pörgeti, egyre csak
Kergeti azt a sárkányt,
Mibe a szél nem kap bele soha,
Etesd meg azt a gyermeket!
S a sárkányt, ki vágyja a felleget,
De nem kapja meg soha.
Etesd meg az angyalokat,
Ördögöket, férgeket,
Mennyei sereget,
Etesd meg azt a gyermeket...
Etesd meg magad, másokat,
Temetőket, sírokat, magányos perceket,
Etesd a gyermeket!
Adj neki mannát, ha sírja az anyját...
Ha sírja az anyját, térdein
Nyugtatja, s könnyeit nyeli,
Míg bánatot rejteget,
Szeresd mindig és mindenütt,
Szeresd azt a gyermeket!"

Fáradt elmével, jobb sorsot remélve
Élünk nap nap után,
Ócska vágyakat elérve,
S tudva, a holnap már másnak adja azt,
Mi ma nekünk maga a csoda.

Műanyag vágyak, műanyag remények
Kergetnek minket,
S mi futunk jobbat remélve,
S csak ritkán látjuk, mit tanít a jelen,
S mit formál sorsunk a jellemen.

Megkopott meséink még néha kinyitjuk
Csodálkozva...
Hová lett a titkunk,
S a hit, hogy jó minden ember,
S hová tűnt a fény a szememben...?

'56 '06

Feketében parázslott a fényünk
Annyi éjszaka és nappal,
Mikor azt gondoltuk, élünk.
Csak álom volt talán,
Kopott sorsunkon fényes nagykabát.
Az élet ezer és millió talány,
Tanítónk volt mindig az Isten
És bölcsei, még ha el is tűnt olykor
Egyenruhák alatt a megtisztelt talár...
Végül mégis mindig virág került a sírokra,
Könnyek pecsételték a búcsúzó sorokat,
És az élet ölében kimúlva
Újra nemes lehet a Halál...

Kergettem a pettyes fürge-fürge labdát
A bársony smaragdzöld fűben,
Apám jött, vidáman dobálva a lábát,
Kezét zsebre vágva, álmodón fütyülve.

Vidáman szaladtam az erős ölelésbe,
Önfeledt kacaj a hosszú játék vége.
Anyám épp hazaért, szaladtam elébe,
Öleléstől dülöngélve tértem haza véle.

Áldott percek, szent pillanatok sora,
Gondolok rátok piruló szerelemmel,
Ez az ártatlanok megdicsőült kora,
Nem látni ilyet, csakis gyermekszemmel.

Gyógyítom magam nyakamban függő kereszttel,
S gyógyít téged is az út menti szent szobor.
Gyógyít falvat a központi Szentháromság jelkép,
Várost a tetőkről lenéző apró angyal, ki imát kohol.

Gyógyít népet a rá vigyázó szent Szűz,
Megvédve népét, ha ellene jő,
Gyógyít kontinenst a szimbólumok kusza sokasága,
S köszönt az Isten majd minden megmenekvőt.

„Hiszed vagy nem, szívem egy sziget.
Zord habok közt áll magában,
Arcát látja kék tavában,
Szűz habokban, hogyha úszik,
Álmodik, hogy partot ér majd,
S szőke partját kézen fogja.

De akárhányszor, ha felébred
Éles zátonyai sértik,
Ó, tulajdon álmai kísértik."

Életlen penge a kétely,
Lelkedben nyughatatlan métely,
Nyugodni sosem enged,
Nem hagyja kereszted letenned.

Megbújik egy szűk sarokban,
Szűz könyvekben, szent sorokban,
S bár ugrásra készen mindig ott lapul,
Életedhez puszta létét mégse vedd alapul!

Utazás más világokba,
Mint méhek szállnak virágokba,
Az édes nektárt reméljük,
Aztán kevesebbel is beérjük.

Utunk tövisek övezik,
És parázzsal kövezik,
Ha maradsz, ha letérsz,
Vérzel vagy megégsz.

„Van, ki sosem lehet boldog,
Mint a macska, csak dorombol,
Más, ha látja, boldognak hiszi,
De dorombol ő akkor is, ha vesztőhelyre viszik.

Van, aki sosem lehet szabad,
Gúzsba kötik, megfojtják a szavak,
Szárnyát szegték, és ő gyűlöl érte,
Ha más nincs, hát azt, ki a szívét kérte."

„Idegen világ ez, nem látnak engem,
Járom az utcát, sosem jönnek szembe.
Ha rózsa állja útjukat, átgázolnak rajta,
Szívük keserű, birtoklásvágy hajtja.

Száz kezük mindig markol,
Mindenki megy, senki sem barangol.
A Nap sosem megy le világuk egén,
Mindenki él, senki sem éldegél.

Idegen világ ez, nem akarnak látni,
Nem akarnak éljenezni vagy épp megalázni.
Nem akarnak külön férfiakat, nőket,
Idegen világ ez, én sem akarom őket."

Azt a lángot keresem,
Ami régen égetett,
Azt a fojtó érzést,
Ami régen éltetett,
Azt a felismerést,
Azt a biztos tudatot,
Ami tökéletességed felől
Bármikor tudatott.
Azt az őszi rózsát,
Ami ketten voltunk,
Azt a beszélgetést,
Melynél nem is szóltunk,
Azt a havas ormot,
Amit ketten néztünk,
Azt a tekintetet, mivel
Csodákat igéztünk.
Azt a tudattalan létet,
Amit felneveltem,
Gondoztam, etettem,
Aztán eltemettem.
Azt a lányt kutatom,
Akitől ezt kaptam,
S csak várom azt a napot,
Melyen újra megkaphatom.

Szíven szúrsz újra és újra,
De van, hogy az is pusztul,
Ki a másikat szíven szúrja.

Ha bennem meghalsz,
Azzal kevesebb leszel
Éppen, mert a saját részeddé teszel.

És ha egyszer engem temetsz,
Gonddal hantold a síromat,
Mert azt tudnod kell, hogy
Bizony neked is sírod az.

Lekéstem a hajnalt,
Nem láttam fényeit,
Narancs lángolását,
Sugárzó lényeit.
Most újabb nap csak várok
Ablakomnál ülve,
Kávém bámul csak rám
Az asztalon, kihűlve.
Várom az új hajnalt,
Ő teremtsen újra,
Az álommal küszködöm,
Rám fonódott ujja.
Kávémért fordultam,
Álmomnak hűs alom,
S mellettem az ágyon
Megláttam hajnalom.

Nincs idő már írni,
Csak magunkban sírni.
Talpon kell maradni,
Győzelmet aratni.

Vértünk messze csillog,
Lovunkon vér billog.
Kezünkben szablya,
Mi a törvényt szabja.

Menetelünk sorban
Egy hihetetlen korban.
Temetőket szülve,
Szűz ölekbe ülve.

Hazug szabadságunk,
Mindig hazavágyunk.
Ellenség sikolyával,
A pokolba szállunk.

Keresztútnál állva
Tűnődöm magamban,
S kísértem végzetem
Túlnövő szavakban.

Az út kövei bátrak,
Nem szánják a léptet,
Eltemetik könnyen,
Új kristályok képpen.

Bíbor harmat hajjal
Elbocsát egy fűz,
Ha régi dalt dúdolva
Utam tovaűz.

Megpihenni kéne'
Pattogó parázzsal,
Jól betakarózva
Ölelő varázzsal.

A lelkem puha tenger,
Nem leli a partját,
De sellő énekek
A medrében tartják.

Újabb keresztútnál
Leülök a hóba,
Lényem betekerem
Pár tavaszi szóba.

Valaki ha arra téved,
Ledobom a mentém,
Hátha pár jó szóra
Letelepszik mellém.

Ott ülünk majd ketten
A magány ölel minket,
Új álomba zárja
Fátylas szemeinket.

Nem vagy egyedül,
Ne borulj a hantra,
Hogyha temetned kell,
Temess csak magadban.

Templom árnya takar,
Ne téveszd a véggel,
Hited minden úton
Újra s újra védd meg.

Ha a sárban megállsz,
Lassan belemerülsz,
S anélkül, hogy élnél,
Végleg elszenderülsz.

„Miért célja a sorsnak,
Hogy elragadjon minket,
Hogy könnyfátyolba zárja
Tiszta szemeinket?

Minek a sok emlék,
Hogyha zsákjuk bánat,
Kiöntve belőle,
Ellepik szobámat.

A sors felkapja őket
Hűs fuvallattal,
Eltűnök a fergetegben
Reszkető alakkal.

Ekkor a sors bólint,
Mint egy győztes hadúr,
És az emlékekből
Egy új életet gyúr."

Bezártam az ajtóm,
Jól bereteszeltem.
Keresztbe egy szálfa,
Három lakat zárva.
Végül tokjához szegeltem…
Hát e mögött lakom,
De mire mind bezártam,
Bemásztak az ablakon.

„Sorsom a semmi,
Semminek lenni,
A földön kúszni,
A pokolba menni.

Jövőm a múlt,
Mi véresen múlt,
Jelenem komisz,
Szívembe tört szúrt.

Az álom simogat,
Gyengéden hívogat,
Egy szép életből
Rövidke kivonat."

Nem lehetek örök
Úgy, mint a körök,
Miket ne zavarjatok!
Csak hagyjatok, hagyjatok!
Én a világ tetején ülök,
Különös világokat szülök,
És tarka táncokat a mának,
Adjatok még kristályt a sámánnak.
Folyót duzzasztok, apasztok,
Omló falakra sarat tapasztok,
Szép szemek itatnak, etetnek,
Nehéz könnyekkel majd ők is temetnek.
De addig száll velem a hinta,
Tollamból fogy és fogy a tinta,
Karom ölel, ha van kit ölelni,
Szívem hű, ha van kit követni.

„Zuhog az eső, hagyom, hadd ázzak,
Mire, mikor, minek vigyázzak.
Bor fűti a kedvem, hajnali vágyak,
Nem sietek, bár otthon talán várnak.
Villanyoszlop, bizonytalanul állok a tövében,
Lecsúszott az élet a világ ölébe.
Rám csorog a lámpa fénye, testem veri a vihar,
Részeg lány keresi kedvem, fénye lassan kihal.
Várok még egy kicsit, szívemig kúszik a víz,
Keserű, füstös, ocsmány minden íz.
Árnyék ugrik felém, ne emelj rá kezet,
Bársony kéz simít, aztán haza vezet."

Néha megölelném,
Néha megcsókolnám,
Néha akár az
Ördöggel megcsalnám.

Néha megölelne,
Néha megcsókolna,
Ördög vigye tőlem,
Ha egyszer megcsalna.

Gurulok az éjben,
Vakító világok,
Esőfüggöny köröttem,
Az ég villan mögöttem.

Bent halk zene,
Kívül sűrű csend,
Erdei út, csak lombok miséznek,
Odvas fák, tisztások kísérnek.

Kusza árnyak lebbennek,
Titkos szempár villan,
És siklik az út,
Eltűnik a régi, jön helyette új.

Gyorsítok, vagy lassul a világ,
Mély a csend, senki sem kiált,
Karjaimat lassan térdeimre ejtem,
Nem tudom még, mi lesz, csak sejtem.

„Bársony, puha bársony,
Hús és vér, puha bársony,
Meleg, tüzes kezek,
Veled, ó nem, nem vétkezem.

Hajnal, kecses hajnal,
Hús és vér, bársony hajjal,
Ölelő, forró szemek,
Nélküled, nélküled szenvedek.

Vászon, durva vászon,
Éjjel, lüktető erek,
Veled, veled vagy nélküled úgyis elveszem."

„Kemény a csizma sarka,
Arcom alatta, lelkem rajta.
Éget az izzó parázs,
Nincsen ebben semmi varázs.

Kővé dermedt az álom,
Életem mohón zabálom,
Árnyék didereg a falon.

Megszánom, a gyertyát égve hagyom,
Végtére is jó barátok vagyunk,
Kétséget e felől senkinek sem hagyunk.

Ő is megszán, közelebb lép,
Ahogy a gyertya lassan leég,
Hozzám bújik, félsze lassan kimúl.

Dél tájban már reám simul,
Elbújik, de nem sokáig,
Lekúszik egész a bokámig,
Aztán jobb felől elindul,
Ábrázata messzire nyúl',
De el sosem hagy, el nem árul,
Közös a sorsunk, egy csizmában járunk."

Sosem adsz szívet a szívért,
Fogadd el, mit a sorsod kimért.
Dobd el végre a gőgöd,
Ha rossz sorsodat bőgöd.
Ne sikíts a néma éjszakába,
Hogy mersz belevágni a szavába!
Kígyó vagy, ha megcsalod az álmot,
Ne igazgasd, csak álmodd!

Zárj szívedbe újra minket,
Nézd: kicsinyke test, kicsinyke szív.
Remeg és görcs alázza, tépi,
Ó, a kegyelmet mégsem kéri.

Zárj karodba hűs öleléssel,
Lásd, beérjük ily kevéssel.
Kicsi lélek, apró világ,
Láztól égve érted kiált.

Zárj karodba kegyes szívvel
Tudd: az életnek nincsenek trükkjei.
Aprócska test, óriás szempár,
Egy hatalmas lélek őszinte tükrei.

Sötét szobában dalol a sarok,
S a dalban a sötét sorok
Mind, mind Téged hívnak.

Csak füstölögnek a magányos percek,
S míg szállnak a borongós tercek,
Pipájukból nagyot szívnak.

A dallamok ködös képet szitálnak,
A képekben egy kicsit megállnak,
S csendben velem sírnak.

Mintha hittem volna,
Megcsalatva élek,
Nem hiszek, nem bízok
S nem remélek.

És benned szenvedésem,
Lelki s testi,
Te mocskos kis
Esti, pesti resti.

Ördögi tettek lettek ezek
Most, hogy mind ördögök lettek.
Ördögi sorsból, ördögi pénzen
Sok ezer ördögöt vettek.
S a sok ezer „ördögnek vettel"
Ördögi füveket szedtek.
Az ördögök ördögi füvekből
Ördögi főzetet kevertek,
S míg az istenek nyugodtan hevertek,
Az angyalok ördögökké lettek.

„És ez a vad tánc,
Ez most mit jelent?
Mit öl most meg,
A múltat vagy a jelent?
És ez a mozdulat,
Ez most mit üzen,
Hogy élj, mint az ördög,
Vagy halj meg szűzen
És ezek a szavak
Mit mondanak?
Hogy rohanj, mint a folyam,
Vagy csak légy, mint a tavak,
És a világ, az élet
Mondd, mit jelent,
Mi pusztul éppen,
A múlt vagy a jelen?"

Börtön ez a világ,
Az élettől zár el,
S vad dallamok, durva szavak,
Hangok csak a hangszórókból jönnek.
Utat is csak a tömeg tapos.
Durva szavak, vad dallamok,
A szeretet hazudik,
A gyűlölet erős,
S vad dallamok, durva szavak,
Üvöltenek a szemek,
Mindig ezt kell hallanom,
Durva szavak, vad dallamok.

„Korcs kutyává lettem,
Mikor magam eltemettem,
Gondolataim elvetettem,
Testem jégverembe tettem.

Tépjenek szét a jegek,
Hogy vad viharrá legyek,
Gyűljenek bennem a szelek,
Rettegjenek büszke hegyek.

Vagy csak legyek apró féreg,
Hogy ne lásson a sok véreb,
Vagy kapjam vissza régi vérem,
Hogy saját életemet éljem."

Nem tudom, hogy él-e,
Vagy csak létezik,
Hogy merre is keressem,
Hogy miért szeressem.

De bűnös vagyok, s tudom,
Új nap, új halál,
Hogy nincs igazság,
S itt nincs vígasság.

Tudom, hogy hullnak a könnyek,
Hogyan fullad a zokogás,
Hogy remeg a fázó ajak,
Hogy milyen súlyosak a szavak.

Tudom, gyilkos a számvetés,
S hogy miért gyűlöl a tükör,
Tudom, nem megy egyedül,
Ha az élet rajtunk hegedül.

Ha vonója húsunkba vág,
Hinni kell valamiben,
Ha a világ lelkünkbe tép,
S érzem, benne hinni szép.

Már a kondás is télre terelt,
Még a disznók is érezték a telet.

S ahogy vonultak, mögöttük rideg tél,
Az életükbe csapott a hideg őszi szél.

Ahogy a mocsokból a puha fűre léptek,
Ezer szűzi hártyát darabokra téptek.

S míg vonultak át az őszi éjen,
Megszakadt a világ valahol lent, mélyen.

S mikor először léptek a tiszta hóra,
Ráfagyott az élet pár koszos disznóra...

Ha a világ sötét volna,
S órák múlva elpusztulna,
Akkor szívből nevetnék,
Miközben feléd sietnék,
S eközben úgy képzelném,
Ajándék ez nekünk,
Pár óra felhőtlenül,
Pár óra felhőtlenül.

S ha az ég üvöltve sírna,
Így kiáltanék a sírnak:
Úgy éltem, hogy tovább éljek,
Ez vitt arra is, hogy féljek,
De itt az idő, hogy beszéljek,
Akaratod ellen ajándék ez nekünk,
Pár óra felhőtlenül,
Pár óra felhőtlenül.

Nagyvilágban kicsiny népnek apró pontja vagyok,
Én nem éltem még egy órát, máris elpusztulok.

Én nem tudom, mi az élet, nincs is nevem,
Meghalni, élni, megszületni, ez mind ugyanaz nekem.

Az élet bekapott, megrágott és kiköpött,
Az út szélén álltam, autók jöttek, és kilökött.

Négy kerék ment át rajtam, a többi már bennem,
Én meghaltam úgy, hogy nem szerettem.

Téged biztos csavargók szültek,
Akik mindig a padokon ültek,
Akik minden esőnél megáztak,
Akik betontömbök árnyékában fáztak,
Kiket orvos sosem vizsgált,
Akik semmiből nem tettek le vizsgát,
Akik éheztek mindennap,
Kiket soha nem oldozott fel a pap,
Kiket az ünnepek messze elkerültek,
Akik éjjel-nappal mindig menekültek,
Akik nem nevettek és nem sírtak,
S akiket már átadtak a sírnak...
Akik téged nyomorult életre ítéltek,
Amiért nyomorult állatokként éltek,
Akik nem olvastak és nem írtak,
Akik eldobtak, míg érted sírtak,
Akik miatt már senkiben sem hiszel,
S akiknek most virágokat viszel.

„Mi napról napra szegényebbek lettünk,
Minden tanítást gyorsan elfeledtünk,
Mi már sokszor egymásnak estünk,
Tiszteletet, hatalmat kerestünk,
Pusztulást és gyűlöletet szültünk,
Trónod alól a trónodra törtünk,
Mi napról napra szegényebbek lettünk,
Mi felkeltünk s ismét csak elestünk.
Mi azért gyakran meghurcoltattunk,
És gyászos ördögi tüzeket oltottunk,
S mi még most is csak kegyelmet kérünk,
Bocsásd meg, hogy ily nyomorultul élünk!"

„Magamban búsan zengek én,
A víg szavaknak rejtekén,
Hitem csak langyos déli szél,
Ha elhagyom újra s újra kél.

Álmomban ezer kép igéz,
Simogat meleg női kéz,
De a nappalok durvák és vadak,
Vonulnak ezüstös zord hadak.

De vannak még, kik így búsulnak,
S árnyékukhoz is odabújnak,
S talán egyszer majd általuk,
Dicsőséggel megváltatunk..."

Múzsává lettél

Mindenki múzsának született,
S mint az őszi szüretek,
Kezdetben még bármi lehet,
Keserű vagy édes elegy.

Múzsát sem a művészet teremt,
Legfeljebb csak az ad neki teret,
És belőle nő ki a művész,
Mint semmiből a titokzatos bűvész.

A múzsa tökéletes, mikor azzá válik,
És ha a tökély semmivé mállik,
A sors azt kell, hogy megvesse,
Aki azzá tette.

Tűnjön el, maradjon névtelen,
Ha arra is képtelen,
Hogy a meglévő szent képpel
Belépjen egy szentesítő térbe.

Én is így tűnök el egyszer,
Mint illékony, furcsa vegyszer,
De te múzsának születtél,
És múzsává is lettél...

Mint mikor ódon, poros,
Sok-sok éve feledve fekvő,
Rég nem lapozgatott könyv
Fedele recsegve újra fordul,
S fájdalmasan rezegve
Követik mozdulatát
A megsárgult lapok,
S a kopott sorok
Lágyan hullámoznak velük,
S a lapokat valaha szorosan
Összefogó aranyos zsinór
Most, mint az öreg testben letapadt ín,
Egy széles mozdulatnál
Sikoltó kínoktól követve
Pattanásig feszül,
Úgy nyíltam ki kezei között,
Leporolt, felnyitott s újrakötött.

Most te vagy a múzsa,
S mint dámák esti rúzsa,
Csillogsz a szavakon.

Nehéz így az ének,
Mert mint méltóságos mének,
Vágtatnak a gondolatok.

De a legtöbbjük hitvány,
Hűtlen, csúf tanítvány,
Nem érnek fel téged.

Meredek hegyoldalak nem hazudnak többé,
Lehet, a magány örök vagy tűnő csupán,
Én utálom és szeretem is egyben,
Ő festi mívesre ócska rabszobám.

Keletről indultam és nyugat felé tartok,
Most már megragadhatna a kocsikerék,
Nem kell több vándorlás, a cirkusz,
Nincs kinek zengeni a múlt sikerét.

Eltapostak, felálltam, gondoltam, így kell tennem,
Meredek sziklák láttán csak nevettem.
Széles folyókat játszva úsztam át,
Mégsem találtam magamnak hazát.

Most inkább leülök itt az út mentén,
Nem keresek társat vagy víg estét.
Maradok, hol vagyok, ha kell, egymagamban,
Élek őszintén kusza, keleti szavakban...

Tetemre hívás

Vagy végzetek éjszakája.
Megvakított harcosok,
Kitépett nyelvű dalnokok,
Megégetett boszorkányok
Sikolya zengett az éjben,
Eggyé forrt az erőszak a hittel s a reménnyel.

Csontok tompa puffanása
Üti az ősi ritmust,
Bennszülött áruló szavára
Fejükhöz verik a tust.

Átkozottak, átkozottak vagytok,
Nyüszíti egy kicsapott, csapzott kutya,
Nincs neki szolgálója, nincsen neki ura.

Árulók, tolvajok, hazugok vagytok,
Becsaptatok engem s nemzetségem,
Hittünk bennetek, hazug szavatoknak,
A ritkán jött erős ölelésnek.

Meggyaláztuk őseink emlékét,
Szabadságunk karotokba dobtuk,
Anyáink tűrték, hogy istent játsszatok,
Vártuk, hogy dicsőséget hoztok.

Egy jó szóért elfeledtem én is, hogy
Egy hajnalra eltűnt fiaim bölcsője,
Tűrtem, hogy a tüzes italtól megtébolyult gazda
Haragját rajtam kitöltse.

Így üvölt a szürke éjszakába,
Csapzott alakját a Hold világítja,
Megcsillan hatalmas szemfoga,
Fénye a tömeget szinte elvakítja.

Tetemre hívás vagy végzetek éjszakája,
Amit a kóbor eb meglátott...
Saját szeme előtt az évek csalódása
Mi most mélyen a húsába vágott.

Sosem hitte, hogy az ember ilyen,
Hogy ennyi gyalázatra képes,
Hogy elpusztítja önnön társait is,
Csak, hogy ehetetlen aranyait védje.

Sokan úgy emlékeznek, hogy a kutya hangja,
Beborította az egész világot,
Majd eltűnt a fellegek között,
De csillogó szemfoga még sokáig látszott.

„Kendert szórtál,
Nem hallgatva semmit,
Hogy tudnál szerető, igazszívű lenni?
Múltak árnyainak feledtető hűse
Hagyta, szívemet a gyűlölet fűtse.

Égi csatornákon
Vigasztalást kapok,
Bár nem adnak feloldozást az igazhitű papok.
Mentsváram tiszta szívem,
Sohase engedd, hogy gyűlölet hevítse."

Makacs vagy, vagy buta,
Vagy egyszerűen csak olyan vagy, mint én,
Elméd zavaros, bolond vagy,
De Te vagy a remény…

Bátor vagy, vagy vakmerő,
Vagy egyszerűen mindenkinél gyávább,
Erős a karod, vidám vagy,
És mindenkinél árvább…

Menedék csak megkopott kabátom,
A koldulás úri passzióm,
Ne lássátok arcom, lehajtom a fejem,
Egyedül enyém a passió.

Ha csontos kezemre lenézek,
Azt képzelem, az inak utak a jövőbe,
A legdicsőbben sietve lépdelek,
És vidám dalt dúdolok elmenőben.

Beesett arcom én meg úgysem látom,
Így nem zavar az ezernyi ránc sem,
Lelkem végre szállni engedem,
A béklyón meggyengült egy láncszem.

Ha valaki rám néz, hontalannak talál,
Pedig az én otthonom nagyobb, mint az övé,
Fényes kupoláját ezer csillag őrzi,
És glóriát rajzol fényük fejem fölé.

Szemeddel őrzöd szerelmünket ma is,
Rá gondolok és hozzád sietek,
Lehet, hogy a világon minden ékkő hamis,
De a Te ragyogásodnak mindig hihetek.

Lángoló hajadat simítsd végig újra,
Talán kérgesebb lett puha kis tenyered,
Talán ráncolódik homlokod a búra,
De ma is mindened ugyanúgy szeretem.

A bajban, a haragban is mindig szerettünk,
Ékkövek a szemeid, őrzik a szerelmünk',
Elkésett talán néhány mosolyunk olykor,
De ha egymásba simultak kezeink: mindig éppen jókor.

> Szívem megszakad, a gyomrom összerándul,
> Ha a világra gondolok,
> Szorongó együttlétek, eltékozolt remények,
> Elcsüggedt önfeledt nevetés,
> Színpompás, bőkezű temetés,
> Ez hát az élet és a sors.
>
> Elfordult tőlünk az Isten,
> Fejét lehajtja és vár csak csendesen,
> Ó, mennyi végzet és szenvedély, mind kárba vész,
> Ernyedt tisztesség mocskos erényt kovácsol,
> És menteni is kár a tudós plénumot,
> Ha csak szemét forgatja és harácsol.

Egy kis angyal az Úr lábaihoz ül,
Kicsiny teste büszkén megfeszül,
És hatalmas szemeit rászegezve bátran ellenszegül:
Ez a világ sem rosszabb, mint bármely másik,
Karácsony estén millió kandallóban a béke parázslik,
Szerető anyák ölelik gyenge gyermeküket éjjel,
Bátor apák kergetik rémálmukat széjjel.

Őket lássad, Uram, ha alátekintesz,
És őket halljad, ha a durva szavak elfedik fohászuk,
Őket és még sokmillió társukat...
Rájuk néz az Isten, könny szökik szemébe,
Tudja már jól, bármi volt, megérte.
Vállára emeli az aprócska szentet,
Hajába tűz egy színes, mennyei virágot,
S elküldi, hogy váltsa meg az elromlott világot.

Megdöbbentő álnoksággal,
Telve gyásszal, vigasszal,
Álom lepte könnyű vérrel,
Eljátszott tétova reménnyel,
Egyenrangú hites társsal,
Önfeledt makacs bujasággal,
Állhatatos csalfa vággyal,
Ezerarcú árvasággal,
Esztelenül múló nappal,
Bántó, ostoba szavakkal,
Élünk együtt egymás nélkül...

Áthatolhatatlan hallgatásban
Szívünk szakad, könnyünk csordul,
Egyikünk a falnak fordul.
Ékkövekként csillogó könnyel
Vagy épp pusztító közönnyel,
Egy-egy durva mozdulattal,
Tompa, túlterhelt tudattal,
Lélekbe taposva, szívet szakítva
Fogjuk egymás kezét...

„Pazar árnyékában napozgattam én is,
Semmitmondó hűtlenséggel,
Arany szélű, vart mentémben
Anyák vállát lopva lesve
Boldog voltam mégis.

Elvarázsolt életemben elmerengtem,
Szórtam igét, százat.
Építettem kicsiny házat,
Fésültem arany hajad,
Láttam magam két szemedben.

Árnyak szárnyán messze szálltam,
Nem kutattam igazságot,
Nem üldöztem gazdagságot,
Nem álltam szüzek elé,
Mindig csak rád vártam.

Zöld legelők szélén gyakran csak leültem,
Bámulva szótlan a messzi eljövőbe,
Jöjjön a sors, vagy legyen elmenőben,
Köszöntve bárkit, ki arra járt,
Emlékedbe mélyen elmerülve.

Üres gondok
Kongó ürességgel,
Lelkem feneketlen kút lett,
Elveszett a múltam,
Sötét a jövendő,
Fejemben kuszaság a holnap.

Engedjetek szállni magasabbra,
Vagy saját magamat húzom csak a földre,
Hitem megrendült végül önmagamban.
Nem hallatszik tiszta szívverésed.

Mennem kellene, járni az utamat,
Tudatom tompa, karjaim gyengék.
Elveszett már minden tisztességünk,
Szakadtan hever a porban vitéz mentém.

Elszaladnék, de nincsen hova futnom,
Csak a szavak maradtak meg nékem,
De esdeklő szemekkel, kissé hajlott háttal,
Értük hálával nézek fel az égre.

„Őszinte tekintettel szaladt akkor elém,
Remény, mondta lelkem, ő maga a remény.
Őszinte örömmel talált ránk az este
És minden pillanatban kedvünket kereste."

Ázott nagykabátba tekert minket a sors,
Frontvonal mögött álljuk kenyérért a sort,
Didergő kezemben kis cipó kettétörve,
És sántikál Ő felém, őszen, meggyötörve.

Hej, de keserű életet szült ez a szerelem,
Könnyet hizlalnak a percek bánatos szememen.
Gyűlölet hajt, szívem bánattal tele,
Átkozom azt, ki ezt tette vele.

S ha egyszer újra ember lesz az ember,
S még nem nyugszom sötét sírveremben,
Addig ölelem magamhoz törékeny testét,
Míg nem élhetjük át újra azt az estét.

„Keletről jöttem, nyugat felé mentem,
Sok országot, sok népet temettem.
Megragadtam végül a Kárpátok táján,
Hazát építettem őseim hazáján.

Most nyugatra indulok, és kelet felé vágyom,
Nyomomban megszületett sok ezernyi lábnyom.
Szikár emlékei annak, kit a végzete hajt,
Keletre vágyik, de nyugat felé tart."

Keményen csapjad lábad most a földhöz,
Ne járj olyan puhán, ahogy jártál!
Ármányok közt annyi megbúvás után
Légy most bátrabb, mint mit bátraktól várnál!

Kenyeret adj társad összetört kezébe,
Málhát cipelj ősz aggok helyett,
De ne vedd át terhét annak többé,
Ki egykor még hóhérotok lehet.

Cipelje az csak saját keresztjét,
Ha később bírja, most ne legyen árva,
Nőni fog még úgyis az a kereszt,
Nyomja őt, csak őt a kárhoztató sárba.

Szállj arra végre,
Ahol a szívedben elvérzel, szép madár!
Ne húzz magad után fellegeket,
Ne vezényelj újabb felkelő napot,
Csak kis csodákat tegyél, olyanokat,
Melyeket senki sem kiált,
S melyekről mindenki beszél.

Szállj magasabbra, hogyha ott a helyed,
De ne azért tegyed, hogy dicsőbb legyél,
Légy az, ki ott hagyja a neki szórt morzsát,
Légy az, ki saját erejéből megél,
Sőt másokat élni segít,
Oly korokban is, mikor a többség
Csak kegyelmet remél.

Székelyek vonulnak tömött sorokban,
Elveszett a világ egy pókszőtte sarokban.
Csizmák talpa nyomán porlad szét az élet,
De képzeletben veled én még vígan élek.

Székelyek, kik elhagyják otthonuk,
Az eső elveri szélfútta pornyomuk.
Nem maradhat büntetlen a tett,
Mi régi életüknek véget vetett.

Vonulnak tömött sorokban a székelyek,
Tűnnek a falvak, városok, székhelyek.
Szabad lelkük gúzsba kötve húzzák maguk mögött,
Átkozottul áldott mind, ki otthonából elköltözött.

„Hanyag ölelések és átkozott búcsúk,
Mennyi fájdalom fér egy rövid kis napba,
Légy magányos, légy átkozott is,
De sose engedj a hazug szavaknak.

Én hajnalokkal kelek és a széllel szállok,
Nem állnak utamba csalfa vérű lányok,
Meredek sziklafal tetejéről nézve
Lehull a világról a hamis szemérem.

Bíbor bársony mentém arannyal van szőve,
Bambán bámulok csak a szürke eljövőre.
Arany szemem tüze világokat éget,
Nem kell könyörület, ha szánalommal éget."

Menekülj, talán úgy túléled,
Vége a világnak, vége az egésznek.
Nem kell a búcsú, nem kell remény,
Nincs erkölcs, nincs erény.

Erszényem az ellenséghez vágom,
Magamat vele együtt szánom.
Tetves kis világ,
Mi ilyen gyorsan pusztul,
Nem hagy reményt, erényt,
Úgy rúg újra belém,
Mintha már megszerettem volna.
Ó csak annyit tenne, hogy egy szót sem szólna,
De mindig fecseg, mindig,
A világ szépségéről, tisztító erőről,
Nem tud csendben lenni.

Nem kíváncsi arra, ami szívem marja,
Kezeit szorosan a torkomon tartja.

Gyűlölöm, megvetem, utálom,
De már mikor kimondom, megbánom.
Minden rúgásom a lelkemen egy lábnyom,
Mert őrülten szeretem mégis,
Tanúim a mezők, az ég is.

Ne menekülj, úgysem élheted túl,
Rád támad álmodban orvul...

Vége a világnak, vége az egésznek,
Csoda volt, örülj, hogy megélted.

Beszédes ébredések,
Eltékozolt napok,
Annyi átkozott harc után
Megtépett, megfakult ruhámban
És lelakott otthonom romjain
Állok szánalmas képpel.

Bámulok bambán a világra,
Most mit akartok, mit vártok tőlem.
Azt hittem rendes ember kell legyek,
Olthatatlan, elvakult reménnyel.
Adjátok vissza a sorsom, vagy
Mutassátok meg végre a valódit.
Testem elhervad, szívem gyenge,
Lelkem, a lelkem folyton csak csalódik...

„Két kezemmel nekiesnék,
Nem kell már szenteskedő mentség,
Átgázol a mások sorsán,
Elsorvasztó angyal voltán.

Két kezem most nyakára szorulna,
Szép lassan az asztalra borulna,
Távozna a lelke az utolsó szusszal,
Megünnepelném a nagyhangú Bacchusszal.

Két kezemen nyomot hagyna vére,
Mérlegelek: hát ennyit megér-e,
A választ persze régóta tudom,
Fejem lehajtom, kezem zsebembe dugom!"

Megremegnek a fák, ha árnyékukba érek,
Nem olyan bátrak, nem olyan merészek,
Mint ahogyan sudárságuk súgja,
Ráborulva édes alkonyukra.

Mámoros világom táplálom jó borral,
Nem jár együtt a nyugalom a korral.
Bolyongó változás minden egyes napom,
Úgy élem csak, ahogy azt megkapom.

Megremegnek a fák, ha árnyékukra lépek,
Nem olyan bátrak, amilyen szépek.
Még ha hitet tesznek is szentségük mellett,
Nagyságuk melengető, ölelő lehelet.

Szálka szúrja szívemet,
Markolja, szorítja bánat a lelkem,
Elfutott méreg marja a torkom,
Könnyeimmel küzdök, nyugalmam nem lelem.

Esendő emberek a sors útjain
Gyakran rossz irányba mennek.
A lélek útvesztőin
Lövészárkot ásnak, sírokat temetnek.

Nekem sincs már más, amit tehetnék,
Őszinte szívvel és szavakkal,
Bűnök tengerén hánykolódva bár,
Szakítok a sebesen repítő, átkozott haraggal.

Halvány hajnali szellő törli le arcodról
Az évek ráncos mindennapjait,
És arcod angyali, tiszta és sima lesz,
Öt éves korod angyali arca.

A pázsit pajkos, deres lehelete
Kezed munkába belefáradt ráncait itatja,
És lesz érintésed puha és selymes,
Mint milyen szelíd volt az első éjszaka.

A felkelő Nap megcsillan fáradt szemeden,
Az apró kis erek kisimulnak,
És tekinteted csillogó, pajkos fénye újragyúl,
És rám ragyog, úgy, ahogy rég, ugyanúgy.

Vérrel írom fel a neved,
Veszítsd legszebb szerelmedet,
Arcod hamuszürke fátyol,
Sírjon, sírjon csak atyátok.

Magas korlát kerted végén,
Nyomorult világod legszélén,
Száradó ruha lóg rajta,
Mellette görnyedő pajta.

Ó, de nyomorult a lelked,
Pont, mint porral lepett kerted.
Ha átkot vetsz, nyomort aratsz,
S gonosz világodban végül magad maradsz.

Ezer titkot viszel majd a sírba,
Követ majd pár híved, némelyikük sírva.
A jövő csak egy álom marad,
Hiába nyögsz, szánod magad.

Most még porzik erős lépted,
A sorsod bizony magad kérted,
Hát teljesítsd be küldetésed,
Formálj részekből egészet.

És amit megtudsz, add tovább,
Lelked apró dolgozószobád,
Míves gonddal formáld a sorokat,
S lépd át büszkén a tűnő korokat.

Szeretnék:
Nagy hajóval távolra utazni,
Eltűnni a horizonton, ó eltűnni,
A kutyákra visszaugatni,
A parton állóknak édes csókot dobni.

Idegen parton új lépteket vetni,
Távoli morzsával galambot etetni,
Eltűnni a horizonton, ó eltűnni,
Forró napsütést nevetve eltűrni.

Szeretném beszívni a távolt,
S friss kebellel búcsúzni a mától.

Ölelj, kérlek, ölelj szorosabban,
Ne lásson a világ ilyen rút alakban,
Töröld le az arcom, a könnyeim,
Hozd hozzám hűséges könyveim.
Lélegezz velem, kérlek,
Foglak bár, de el sohasem érlek,
Járjunk el egy szomorú táncot,
Védjük együtt az utolsó sáncot.
Szoríts magadhoz, szoríts jobban,
Bal kézben pajzsunk, szablya a jobban,
Lángol a világ, ne hagyj megégni,
Bárhogy is teszel, engedj remélni.

Fond szorosan körém két karod,
Én úgy élek, ahogy Te akarod.
Pipamocskot ken az éj az égre,
Megpihenhetek hűs öleden végre.

Gyönyörű szép,
Bűnös és merész,
Belehalok,
Gyönyörű szép.

Gyönyörű szép,
Ellök könnyedén,
Megaláz, de
Gyönyörű szép.

Gyönyörű szép,
Belehalok,
Ámít, hiteget,
Rajtam tapos,
Ahányszor lép,
De gyönyörű szép...

Fedetlen teste a szürke
Holdat leste,
Távolban egy álom,
Benne magam megtalálom.
Átok és szidott élet,
Kiáltsd, ha érzed: Félek!

Isteni ölelés a magányos harc végén,
Tiszta fátyol álom,
Benne kígyó a megkísértés.

Felfalja ezüst szavamat
Átkozott akarat,
Bűnének hangot ad,
Elveszi tőlem őszinte, égi hangodat.

Végignézve a magyaron 2004 szeptemberében

Távolba merengve halványul a messzi,
Szívem bánatát nagy útra meneszti.
Sóhajom szárnyán messzi földre száll,
Testvérim szívétől bocsánatra vár.
Ürességet érzek a szégyen mögött,
Rákóczy szelleme messzire költözött.
Szívem, hitem és Istenem egy volt,
Egy büszke nemzetség: magyar volt egykor.
Megértem már, ha az Isten veszni hagyja
Azt, ki önmagát s vérét megtagadja.
Boldog bizalmam élettelen tetem,
Könnyfátyolba vonja bús tekintetem…

Sötét ló vágtat, patája álmaimba süllyed,
Sörénye lobban, hátán életek ülnek.
Megremeg a hajnali fény,
Sírhantok hűs ölén
Hosszú sor kígyózik: a végtelen vak remény.

Sötét ló vágtat, patája álmaimba vág,
Új álmok születnek, de nincsenek új csodák.
A pillanat erénye, hogy könnyű az út,
De pokoli a vége... tudom...
Patkója húsomba vág,
Nincsenek már új csodák.
Sötét ló hátán a régieket éljük
Hosszú éveken át.

Táguló határok...
Szűken mért szolgasorsok,
Borús álmok hol vannak ma már!
Csillogó vértben két lábra állva
A büszkeség fennkölt héjamadár.

A folyó túlsó partján álmok kergetőznek,
Hűs illata száll a szép varázsmezőknek,
Más világba süllyedsz, hogyha oda átérsz,
Önnön jobbik részünk az ősz szakállú révész.

Kaptam és adtam,
Kérnem ritkán kellett,
Megtettem, ami tőlem tellett.
Ha volt, hogy nem,
S nagy árat fizettem.

Volt, hogy feladtam azt, amiben hittem,
De az út mindig visszavitt,
És megmaradt szentnek a hit.

Tettem rosszat és jót,
Neveltem pár nemes szót,
Ha aranyat kerestem, gyémántot találtam,
Ha elestem, valahogy mindig felálltam.

Az égre nézek, hálát adok,
A csillagok, mint igaz hitű papok,
Reményt adnak, vigasztalnak,
Ha meghalunk, velünk halnak...

Matass a lelkemben,
Hatalmas kertedben,
Ott a kis padon
Apró pont a világ,
Végtelen a magány,
De emlékezz szavamra,
Mint őszülő hajamra:

Angyalszárnyainkat egykor
A szélnek eresztettük,
Útnak indultunk,
Bár féltünk, reszkettünk.
De kéz a kézben mindig szerettünk.
S most, a tákolt kis padon
Lelkem legszebb részét végleg reád hagyom.

Szétvet az erő.
Gyilkos, gyilkos!
Mennyei, égi kos
Szökellve aranyat szór.
A szavak, a szavak
Hatalmas tavak,
Vizük megcsillan,
Álmom elillan,
Erő és erő, erő,
Teremtő erő,
Szavai hatalmas tavak,
Messze tűnt, perzselő nyarak,
Partja homokos, nyirkos,
Vízében hullámzó arckép,
Gyilkos, gyilkos!

Ha a hullámok összecsapnak,
Erejük meglepő lesz.
Áldozom annak a napnak,
Legyen hozzánk kegyes.

Áldozatom vérző testét nézem,
Szemei nyugtató álmok,
Szusszanását lelkemben érzem,
Nézem, és önmagamat látom...

Kenyerem java pár szó,
Remélem, még nem ettem meg,
Felmásztam a csonttoronyba,
De erős szelek jöttek, és leestem.

Rímek és szóképek kincseim,
Őket hatalmas ládába rejtem el,
Szólánccal lezárom gondosan,
Később e pár hűs gondolat lesz a rejtekem.

Búskomor arcok
A kőkemény harcok mögött,
Elveszett szüzesség,
Jéghideg üresség belül,
Ártatlan alkonyok,
Szétfeküdt ágyakon találnak
Kifakult könnyek,
Azt hiszed, könnyebb lesz így,
De lecsap az éjjel,
És ördögi kéjjel pusztít.

„Ha az idő úgy rendelte, hogy egymástól messzire keveredtünk,
S kezünk egymáséihoz nem érhet háborgó fellegek felett,
Én lelkem eresztem eljutni Hozzád, s ha Te is ekképpen tervezel,
Csak küldj fohászt az éji ég felé, s egy csillaghíd egymáshoz elvezet."

Ha térdre borultál, már ne eméssszen méltóságod,
Hajtsd le fejed, süsd le tekinteted is,
Kulcsold össze két kezed, és érezz.
Ne hidd, hogy így vagy kiszolgáltatott,
Arra ott vannak a mindennapok...

Talán már elfeledted, talán megvetetted,
De van lelked, csodás lelked van,
Beragyoghatná életed és párod,
Mint téged ragyogna az ő tündöklése,
Két szerelmes egy mesében...

Talán kérges már, de mégis van szíved,
Benne megannyi szín és érzés kuporog
Egy aprócska cselédszobában,
Míg a díszes báltermek üresen konganak,
És falaik dohos boldogtalanságot ontanak.

Ha most, így térdre hullva, valamit megértesz,
Meglátod lelked, simítod szíved,
Már nem volt hiába a sok szenvedés,
S a megannyi alku, mit álmaiddal kötöttél,
S hogy nem csak magaddal törődtél...

„Idillt kergető világom, jaj, össze akar dőlni,
Nem talál már apró ágat, mibe kapaszkodjon,
Nem látja már mások arcát, miből erőt lopjon.
Ördögi maszkok és árulás kering körülötte,
Ellenség lesz a barátból, az ármány körül szőtte.

Barátságos szívverésem, jaj, le akar állni,
Nem találja már ritmusát a hajnali szélnek.
Nem hallhatja édes hangját az ősi zenének.
Harsány hangok fedik el szirének énekét,
Ember veszi el az embernek életét.

Elmerengő szép szemeim, jaj, nem akarnak látni,
Nem kell nekik a sok ránc másoknak az arcán,
Nem kell a sok asszonykönny az életnek sarcán,
Lebukó nap fényénél fellobban a remény,
Ez a világ, ha nem igaz is, akkor is az enyém'.

Jaj, leejtettem, jaj, eltörött annyi évem, annyi reményem,
Szertefoszló álmaim szaga terjeng körülöttem,
Húsomba vág a hajnal, mikor egyedül talál.
Talány, hogy hova lett a sorsom, hová lett a gyermek belőlem,
Nem bízom én a holnapokban, elárulnak úgyis,
Megtanultam már az elmúlt hónapokban...

A jelen kézen fogott és maga után vonszolt egy szobába,
Ott egy hatalmas székre felálltam, és elértem a csillagokat.
Keblemre szorítottam párat, és boldog ragyogással álltam
A világ szürkesége felett, párom volt csillagom,
És diadal a hétköznapok felett.

Nem láttam akkor még én az eljövőbe, nem láttam semmit
Nem tudtam, hogy a fellegekben járni nem más,
Mint hosszú felvezetése a zuhanásnak, az elbukásnak.
Mert ennyi a boldogság, ennyi a jókedv, amit néha ontasz,
A bánathoz, keservhez pengeéles kontraszt.

Kenyerem tiéd is, akkor is, ha később az én részemet is elveszed,
Érzésem nem puszta szó, nem ölheti meg szegényes képzelet.
Karom átölel, akkor is, ha később te töröd el ölelő karom,
Melegem nem puszta hő, nem feledhető, egyszeri alkalom.
Szemem követni fog, akkor is, ha megnyújtod léptedet,
Tekintetem védelmező burkod, akkor is, ha egyszer eltemet.
Minden sorom tiéd, akkor is, ha széttéped a sárgult lapokat,
És ott élnek szavaim benned, akkor is, ha tagadod a közös napokat.
Nemzetem tiéd is, még ha megtagadod is minden felmenőd,
Csak ez a föld tiéd, még ha nem is itt hull majd rád szemfedőd.

Kiégett életek mint kiégett házak sorakoznak az út mentén,
Elszenesedett maradékaik hirdetik az arra járó vándoroknak,
Hogy múlandó a jókedv és a remény, mint minden a világon.
Imára kulcsolt kézzel térdeplő alakok, jaj, ezek mi vagyunk,
Kémlelve az eget bízunk a csodában, és könnyel mossuk sorsunk.
Hamut hord a felszökkenő szellő...
minden hamuszem a remény mementója,
Minek tetemét más világok felé viszik egy kis hajóban,
Azt remélve, él az a sámán vagy pap, vagy pópa, vagy bárki,
Aki arra született, hogy poraiból feltámassza és visszaküldje,
Hogy vezessen minket zöldülő mezőkre, hol új házak születnek...

„Kihúzták lábunk alól a talajt,
Felajzott íjunk ellenünk fordult,
Megmordult lelkiismerettel
Küzdünk élőkként a végtelennel,
Nincs kapaszkodó, hogy partra másszunk,
Sodródó élet a mi nappalunk,
Nagy kapuk mellett szűk sikátorban
Keresünk megváltást ősi átokban,
Míg igavonó baromként lépdelünk,
Majd térdelünk a pallos alatt,
Hogy lesújtson az eltékozolt életre,
Mi ujjaink közül, mint a homok, kiszaladt,
És szerteszórva hever a semmin,
Hol virág belőle így már nem hajt,
Mert kihúzták lábunk alól a talajt…

Néha kkusza lankák közt keresztfa ha látszik,
Üzenet az az élők felé, s tisztelet a holtnak.
Mint tó tükre, tiszteleg a fogyatkozó Holdnak,
Ha képét visszaadja egy másik világból,
Míg ezernyi élet szökell, viháncol.
A boltozatos, végtelen föld felett,
Ha megkísérti múlásukat a végtelen."

„Lángolj újra régi tüzeddel
Vagy eressz el, eressz el.
Vezess zöldellő, régi utadon,
Vagy hagyj fonnyadni száraz ugaron.
Fordítsd arcomat meleg sugaraknak,
Vagy vess oda szürke, jéghideg szavaknak.
Lángolj újra régi tüzeddel,
Égjek el benne, tüzelj el.
Altass puha bársony párnán,
Repíts álmaimba angyalok szárnyán.
Ölelj magadhoz meleg karjaiddal,
Ne szabdaljanak rozsdás kardjaikkal.
Kiáltsd nevem, ne csak a bajban,
Fürdess rossz napokon tejben, vajban.
Eressz szerelmemhez nehéz éjszakán,
Hordozz körbe az égnek szent szaván.
S közben lángolj a régi lánggal,
Hadd járjam tüzes táncom a világgal.
Láthatod, én itt vagyok...
Talán sokszor, sokféleképpen hibáztam,
De nem voltam rossz vagy gonosz,
Legalább szándékom szerint nem,
Hittem, habár a magam furcsa módján,
Sodródva a lélek bárkáján,
S olykor a vihar szemébe törve,
De végül is ez vagyok...
Mindenkor szerettem,
Mindenkor szerettem."

„Látod, én itt vagyok…
Előtted némán, csupaszon állok,
De nem érzem, hogy fejem le kell, hajtsam.
Igen, van bennem szégyen és bánat,
De nem érzem, hogy a világ elveszett,
Vagy ha igen, én okozom vesztét.
Részemet vállalom, de csak a részemet,
Azért megbűnhődni kész vagyok.
Hozzon nyugalmat, hűs erényt,
Lehessek újra önmagam,
Ki önmagát teremti.
Szeretni vágyom,
Szeretni, szeretni."

Legbelül tudnod kell, mi az igazság,
Mi a jó, és mi a gazság,
S a világ, ha olykor oly irányt is vehet,
Mikor bűnösnek érzi magát a bűntelen,
Neked tudnod kell, hogy érték csak egy van,
S harcolhatsz puszta egymagadban.
Bukhatsz látványossággá kiáltott kínnal,
Mikor az elme a lélektől elillan,
Érezni fogod, hogy győztél mégis,
S ha rád zúdul a fekete ég is ,
Végül tisztára mos az esővíz,
S derült láthatárt hoz a másnap hajnal,
Útnak indulsz lobogó, puha hajjal.
Megsimít a reggeli fuvallat,
S mint kit kínzója vallat,
Fedi fel titkát végül a jelen,
S akkor látni fogod, nem nőhet túl kín a jellemen.

„Legyek bár balga a jelenben, de én nem növök fel mégsem,
Ellenségek, a mindennapi küzdelmek bár emésztik erőmet,
De igyekszem, ahogy tőlem telik, ami persze nem sok,
Mégis cifra sátor az én lelkem, s cirkuszt játszanak benne a titkok.
S bár fanyalgók hada csak legyint, ha kapuja előtt sétál,
Néha-néha betéved egy hatalmas szemű, gyermeki lélek,
S a sorok között helyet foglal, és ámulva tekint körbe-körbe,
Az én szívem repes, és biztosan érzem: angyal bújt a báránybőrbe.
S az előadás aznap csodás lesz, ha az Úr erőt ad hozzá,
(Kint tombolhat vihar, derűs ámulat, meleg ölelés lesz idebent,
Gyermeki szívvel lehet csak ily őszintén szeretni egy idegent.)
S a számok végén kisandítok arra a szempárra bohócorrom fölött,
S ha nevet, boldog gyermek leszek én a komor felnőttek között."

„Megremeg a lánctalp, és útnak indul a megannyi tonna,
Ma ölni fogunk, ölni fiatalt, aggot, apát, nagyapát.
Ma ölni fogunk... megint.

Megrázkódik a súlyos acél, amint eltapossuk a bokrokat,
Fákat döntünk, mert utunkat állták, úttalan utakon.
Ma ölnünk kell... megint.

Jéghideg a fal, ha hozzáérek, páncél minden körülöttünk,
Testünk durva vászon és fém fedi, ölni jöttünk.
Ma ölni jöttünk... megint.

És érintésemtől megelevenedik a hűvös vas körülöttem,
Agyamba hasít a tudat, nem vágunk ellenség közt utat.
Ma megölnek... megölnek.

Nem harckocsi védelmében dübörgünk idegen földön,
A mindennapok útját járjuk, önmagunkba zárva.
A percek ölni fognak... ölni fognak.

Miféle lidérces álom ez megint, verítékbe borítja testemet,
Meghalunk percenként, és megölünk asszonyt, fiatalt, véneket,
Bűnt követünk.
És bűnhődünk... megint."

Megtépázott nép ez, megjárta a maga Kálváriáját,
Elvesztette hitét, gyermekét és végül a hazáját.
Túl sok könny hullott már erre a földre a szemekből,
Túl sok vér ömlött már ki ifjú erekből.
Átáztatta a könny és a vér az ősi mezőket,
Nem kapaszkodtak már gyökereink kellő erővel;
És mikor idegen hatalmak nagy vihart vetettek,
Az elfújta apáink földjét, mit gyermekként szerettek.
S már nem volt erő újabb magányos küzdelemhez
Mentségért futni távoli nemzetekhez.
Már nem volt több hely arcukon újabb ráncnak,
Inkább odanyújtották karjukat az idegen láncnak.
Hogy láthassák gyermekeiket, ahogy felnőnek,
De nem bírtak nyugodni, a szégyen falta őket.
S mikor a kilátástalanság árnyai föléjük nőttek,
Utolsó fegyverként csodás mesét szőttek:

Megtépázott sorsuk fölé egy büszke sólyom száll,
Híre a vidéken a magyarok közt súgva jár.
Meghallá' az ellen is, s csak nevetve legyint,
De futásnak ered, midőn az égre tekint.
Hatalmas szárnyak fedik el a Napot,
Ősök egyesült ereje hoz szebb holnapot.
De nem csap le az iszkoló idegenekre haragja,
Hanem a maradék kicsiny magyar földet megragadja,
És megtépázott népével együtt az égbe emeli,
Bánatukat, gyötrelmüket végleg eltemeti.

És a mese szállott, ahogy rég, szájról szájra,
Eljutva így minden magyar tájra.
S tudták, ha hiszik, valósággá válik,
És boldogok lehetnek mind egy szálig.
És lesték a terpeszkedő hadurak, idegen követek,
Ahogy a hit megmozgatja a köveket.
És a semmiből kinő egy eltaposott ország... megint,
S meggyötört népe egyenes gerinccel a jövőbe tekint.

Mennyi aljas tettem ölel körül,
Mennyi hazugság lengi be szobám,
Mennyi fájdalmat szórtam szerteszét,
És most csodálkozva nézek körbe,
Mint a gyermek, ha tört, zúzott,
Hiszi is meg nem is, hogy ezt ő tette.
Persze, hogy alig hiszi,
Hisz rémisztő a tette,
Nem épített, nem alkotott,
Nem nevelt, nem szeretett,
Csak rombolt, s nyomában
Szél hordja a szemetet.
Meredek hegyoldalak nem hazudnak többé,
Lehet a magány örök vagy tűnő csupán,
Én utálom és szeretem is egyben.
Ő festi mívesre ócska rabszobám.

Mert tudom én, mindannyian vágyjuk a csodát,
Keressük, mert túl nehezek a mindennapok,
Hosszúak, végeláthatatlanok és makacsok.
És olyan ritkán gyűlünk ünnepelni,
Olyan ritkán lehet önzetlen szeretni.

Látom én, hogy Te is keresed a csodát,
S leginkább a sajátodat kutatod, s szüntelen,
De úgy érzed, nem mondhatod ki vágyaid,
Meglapulsz a magad ácsolta rejteken,
Hisz érzéseidet el kell rejtened...

Pedig micsoda sekélyes tételek ezek,
Miért is hallgatsz az ostoba jelenre,
Ha csodára vágysz, növeszd meg szárnyaid,
Angyalként bocsásd útra az életed,
S hallgasd meg, mit súg a végtelen...

Tudom én, a szürke napok között elvesztett a csoda,
Legalábbis most így érzel, ezt gondolod,
Pedig nem kell érte messzire menned,
El sem kell hagynod borongós rejteked
Míg ott vagy te és a gyermeked...

Mi is az a csoda?

Megélünk ezt-azt, és biztosan mondhatom, ha a hétköznapokat lekaparjuk az életekről, mindegyik egy hősi történet. Küzdelmek és diadalok sora. Erények és bűnök harca. Kísértések és önmérséklet marcangolta szeretet és olykor gyűlölet talán. De egy biztos, mindegyik egy-egy külön csoda, egy ámulatba ejtő regény a végtelenség tollából.

Különös, hogy az emberek milyen mélyre rejtik el gyermekkoruk őszinteségét, kalandvágyát és álmait. És mekkora feszültséget okoz bennük elfojtásuk. És mégis. Ha kell, letagadják, sőt kinevetik egykori önmagukat. Pedig inkább gyermekkori önmaguk nevethetne rajtuk, bár az is lehet, hogy sírni bírna csak.

És ez a milliónyi csoda mélyen a lelkekbe temetve ott járkel egymás mellett, és mit sem tudnak egymásról. Nem látnak túl önmaguk fájdalmán. Azon a fájdalmon – milyen groteszk –, amit önmaguk megcsalása okoz.

És hová tűntek az ösztönök? Egy gyermek ösztönösen intézi dolgait. És őszinte. És szerethető. És mindenki látja: csoda. Később viszont megtagadjuk ösztöneinket is, hiszen régi önmagunk részei. Csak így fordulhat elő, hogy egy hajdan szétválasztott anya és lánya alkalomadtán úgy megy el egymás mellett az utcán, hogy nem érzik meg: összetartoznak.

Pedig ha ez a sok-sok megtépázott, meggyalázott, törött szárnyú csoda felfedné magát, hogy mások is megláthassák, csodálhassák... Bizony akkor az a sok szürke, mogorva ember egyszer csak tovatűnne, és csak a ragyogás maradna, és bizony, így tudnánk egymást szeretni. És egyesülne a sok apró, magányos csoda, és akkor igazán hatalmas csoda kerekedne, és csodás dolgok születnének nyomában.

De ehhez előbb ismét rá kell lelnünk saját csodánkra, és csodálni azt. Onnét már könnyű lesz az út...

Mikor az Isten kereste a módját,
Hogyan mondhatja el, hogy élni jó,
Hogyan érhet el ez az emberi szívhez,
Hogy ne legyen puszta szó,
Mikor kutatta, tudta, színt teremteni kell,
S még érzést... Meleget.
Kell illat és hang és fény,
Kell mozgás és íz, s a bőrnek érintés.
Kell lágy szellő, simogató,
Lelket átjáró hő,
Kell egy csipet üde illat,
S kell a beragyogó fény,
Mindent beragyogó fény.

Kellenek ciripelő rovarhangok,
Az ő kórusuk a vokál,
S kell a madarak mennyei füttyszava,
A szólista okán.

A katarzishoz vezető úton
A levelek erősödő susogása kísér,
Reményt sugall a horizontba vesző,
Fodrokkal díszített, élénk kék ég.

S a Nap arany korongja,
Mint Isten az életet, sugározza a fényt, meleget,
Arany palástja s díszes koronája
Ragyogja be a felleget.

S a kellékek, ha készen álltak,
Az Úr tollat ragadott,
S tudós művész módjára szerkesztett
Mennyei darabot.

A fény, annyi amennyi kell,
A ragyogás nem vakít,
Természetes szólam száll,
Nyugtat, de nem andalít.

Az ég a földdel ott ér össze,
Hol a szemnek a legszebben mutat,
Fényjáték tűnik elő egy zugalyból,
Násztánc jelöli a távoli utat.

Lelket jár át a napsugár,
De ha már bántaná a létet,
Hűs fuvallatot küld a hegy,
Frissítve a felhevült vidéket.

Szalad minden, vagy repül,
Vagy csúszik, ég felé törekszik,
Megindult az élet, szórja a csodáját,
Minden növekszik...
Minden él... minden növekszik.

A darab kész, a színpad nyüzsög,
Nap süt, melegít, simogat,
Az ég kék, hívogat,
Brácsáját a tájnak patakzúgás húzza,
Hegedűszót tücsök ciripel,
Levélsusogás borít erdőt, mezőt,
És felhangzanak virtuóz madárénekek.
Virágok ontják színeik,
Lombok s mezők emelik fel őket,
Illatát ontja az elevenség,
Halvány fuvallat ad neki helyet.
Lassan emlék lesz már csak a tél,
Messze száll az életmű felett.

Hófelhők helyett
Már csak néhány kerge nyár havaz,
Elevenséggel itatva át a tájat,
S isteni nyitánnyal kezdődik a TAVASZ.

„Mikor lábam a kengyelbe dugtam,
Még nem számoltam ilyen vágtával, irammal.
Csak a büszkén bámuló fiúkat láttam,
S nem láttam síró anyákat az ablakokban.
Még a deres határ hívott, s a dicsőség,
Nem gondoltam égő templomokra...
S nem hittem, hogy a sok mosolygó gyermek
Sírva lapul majd füstölgő romokban.

Aranyszélű mentém hetykén hátravetve,
Csákómon három-szín nemzeti szalaggal,
Isten nevében indultam, gyermekim sorsáért,
S hitegettek díszes, buzdító szavakkal.
Ostor csattanása volt a kezdet jele,
Ágyú dörrenése hozta csak meg kedvünk,
S úgy estünk neki elleneinknek karddal,
Hogy szívünk mélyén őket is szerettük.

Jó játéknak, férfias játéknak tűnt csak,
Nem voltak ott hús-vér emberek, kik családapák,
Csak harci kedv, sok hazugság, férfi virtus,
S a haza védelmének tövében kopjafák.
És aki hajdan vágtába küldött...
Az hol van, hol volt, hiába kutatom.
Nincs arca, nincs hangja, nincs fejfája sem,
Nem kísért el véres utamon.

Hej, tisztábban lát már, aki hazatérhetett,
Nem hajlik az már a békétlen szóra,
De kardot fogna újra az esetben,
Ha régi uszítója szólna.
De nem vágtába menne gyermekét hátra hagyva,
Már látná az anyjába karoló síró párját ott bent,
S tudná, ki az, ki ellen harcolni érdemes:
Csak harcra hívó ura kelthet gyűlöletet benne."

Mindenki angyal, mindenki szent,
ha nem fogja tisztességét semmilyen vihar.
Minden tettünk arany, minden mozdulatunk fényt hoz,
tekintetünk gyémánt.
Nem fog rajtunk idő, sem gonosz ármány,
gerincünk egyenes, folyton szeretünk.
Kézen fogjuk párunk, felemeljük gyermekünk',
és ölünkben visszük, öreget támogatunk.
Utunkon gödröket és bitókat kerülgetünk,
de nem félünk, nem reszketünk, mert hiszünk.
Örömünkben, bánatunkban könnyünket hullatjuk,
hazánkért, anyánkért vérünket áldozzuk.
Mindenki angyal, minden szárnycsapásunk csodát szül,
röptünk meleg szellőt kelt.
S ha halántékunk őszül, bölcsesség áll fiatal erőnk helyébe,
ezt kapjuk az évekért cserébe.
S mikor először emeljük ég felé gyermekünk gyermekét,
a jövő súgja simogató hanggal:
Mindenki angyal, mindenki angyal...

„A szépet szóval nem bírom,
Ezért csak ezt írom,
Most is rád gondolok..."

Ne higgyétek, hogy ennyi az élet,
Hogy messzi havasok nem súgnak csodát,
Én nem kívánok ítéletet hozni,
Mint ahogy nem kívánhat a csavargó hazát...

Csak hagyjátok meg ti is a mi sorsunk,
Ne vonszoljátok a magatoké után,
És tudjátok csodálkozva nézni,
Ha megtesszük első lépésünk tétován!

S tudjátok, ha harangot zúgatunk,
Ez nem a vészre hívó félre kongatás,
Csak összegyűlni szeretnénk, veletek is,
Ez az újkori békés honfoglalás...

Simítom arcod, mint hajnal a mezőt,
Bársony érintés a durva szellők mellett,
Ujjaim apró kis rezdülései:
A hétköznapi szürkeségtől ellopott percek...

Ölellek magamhoz, mint ég a szálló felhőt,
Beborító kékség a sötét árnyak ellen,
Biztonságot nyújtó szívdobbanás:
Két összeborult, eggyé forró szellem...

Bármi jön, bármi múlik, s bármikor,
Te maradsz tiszta patakvíz a rengetegben,
S én leszek szaladásodhoz igazgató part,
S leszünk egyek, egy mederben...

„Nem lehet tehetetlenségre ítélni egy egész nemzetet,
Lehet egy-egy főt, asszonyt vagy gyermeket,
De nem kézen fogva bóklászó ifjú párt,
Kik tágra nyílt szemekkel vizsgálják a határt.
Nem élhet úgy sokáig senki, ha fuldoklik naponta,
Míg elméjének gondolata gondja.
Elnémítható egy férfi, egy falu, vagy város,
De nem egy nemzet, mi az éggel határos.
S melynek ősei még a sírból is kiáltják:
Éljen a szabadság, éljen a szabadság..."

Nincs csalódás, csak önámítás,
És nincs ki lelkünket gyötörni képes,
Csak ha nem engedünk önzésünkből,
És kisgyerekként toporzékolva akarunk;
Nincsenek mások, kik eltaposnak,
Csak mi magunk.

Nincs lelki társ, csak ki szereti, hogy így szeretjük,
És nincsen örök hűség ember iránt,
Csak saját helyzetét értékelő ember,
Kinek kell, hogy életében vagyunk;
Nincsenek mások, kik felemelnek,
Csak mi magunk.

Nincsen segítő kéz, ki önzetlen,
És nincsen mesebeli titkos jótevő,
Csak jóra törekvő bűnös ember van,
Ki legalább akar, de mégis botladoz';
Nincsenek mások, kik életünket élik,
Csak mi magunk.

Nincs közösség, csak emberek csoportja,
Csak bensőnk van és annak háborúja,
S ebben a harcban nincsenek bajtársak,
Csak tábori lelkész, hogy életre intsen,
Nincsenek mások, kik életünkre törnek,
Csak mi vagyunk... és az Isten.

Olyan időket élünk, mikor ki még lát, láthatja és látja is, hogy mivé tett minket a sok vágy, mi körüljár, körülölel és susmorog fülünkbe szakadatlan, ezernyi alakban, hol plakáton, hol filmekből, hol mások által kreált emlékekből, hol dalokból, szent sorokból, koszos bárból, templomokból. Megkísért az iskolában, hivatalban, a családban. Megtalál jövet vagy elmenőben. Magányban, baráti körben.

A vágyat az Istentől kapta az ember. Ajándék, mi inspirál, értelmet ad a mindennapoknak, tanít küzdeni, megtanított építeni, tüzet rakni, fűteni... És megajándékozta az embereket a szerelemmel, vágyni egymásra, vágyni a szeretetre... egy társra.

Csakhogy egy arkangyal, látva, hogy az emberek milyen könynyen vágyaik rabjaivá lesznek, hamis értékeket kiáltott a szélbe, hamis csillogást festett az ég vizébe, s azok visszatükröződtek az emberek szemében. És vágyakozni kezdtek az új dolgok után, melyek kívül fényesebbek a régieknél, hatalmasabbak az égieknél, ragyogóbbak a csillagoknál, magasabbak a templomoknál. S már talán látni sem akarták, hogy a csillogáson túl nincs semmi, semmi...

És a vágy csak űzi, egyre kit hatalmába kerít... Minden percben, minden pillanatban, minden érzésben, minden mozdulatban... És nem hagy időt, hogy megálljunk, hogy megpihenjünk és magunkba szálljunk. Nem hagy időt a szeretteinkre, családra, barátra, testvérünkre, anyánkra. Hajszolni kell a vágyott javakat, elfeledve küldetésünk, az ősi szavakat.

És aki még lát, mert látni mer, hiába kiált „megállj"-t, hiába kér, hiába könyörög, nem látható a zűrzavarban, nem hallható a hangzavarban.

De azért napról napra többen vannak, kik látni akarnak, kik szemük helyett a szívüknek hisznek, és arra vágynak, hogy éledjen újra a hagyomány, és a vágy legyen ismét isteni adomány... S egyszer még elegen lesznek, hogy hangjuk hangosabb legyen a gépek zajánál, szavuk erősebb a hazug reklámoknál s a megesett cenzoroknál.

„Ott vár rád valaki a sarokba bújva,
Reszketve egy magának elképzelt odúban,
Vágyódva utánad, szeretve a lényed,
S te nem is sejted, mi is a lényeg.
Csak sután összeeszkábált értékeket követsz,
S mint barbár világokban a követ,
Reszkető mellkassal zenged mások szavát,
És ha néha csend támad, máris várod a halált.
A kísértés, mint a gomba nő ki a semmiből,
Nem várhatsz bűneid alól feloldozást senkitől,
Csak cipeled az egyre tornyosuló fájdalmadat,
Míg lesed ablakodból az elvonuló hadat,
Ami épp rabolni indul a mindennapok nevében,
Nézed anyádat, bánat ül szemében.
És a magány megfojt, és sikítanál, oly egyedül vagy,
Pedig csak szíved hangját nyomja el agyad,
Ezért nem hallod a zokogást a sarokból,
Ami téged hív, hogy építs csodát a romokból...

Ők sosem fognak megérteni minket,
Nem látják mélybarna szemeinket,
Miben összefolyt pár ezer magyar év,
Hogy tiszta jövőt lásson a magyarért,
Reklámokból örökölt élénk kék szemük
Hiába tekint a múltba velünk,
Nem lát lelkeket, összeszoruló szíveket,
Csak tompa jelenben hamiskás színeket;
Ők sosem fognak megérteni minket,
Nem tisztelik, nem értik eleinket,
Kiknek nem kellettek a nyugati kincsek,
Sem cifra korokban bársonyos bilincsek...
Az ő kezük arra van, hogy markoljon,
Apáinké, hogy gyógyítson, harcoljon,
Az ő kinyújtott jobbjuk üzleti kézfogás,
A miénk a baráté, a magyar feloldozás;
És sosem értik meg ezt a pár sort,
Nem látják az Úrban a pásztort,
Nem közös vérünk szétfutó ereinkben,
Nem látják mélybarna szemeinket...

Pedig van, ki szajkózza magáét,
Hitét, sorsát s a hazáét,
S hogy ez mind lehetne egy, kerek,
S nem kellenek hozzá fegyverek.
De nyitott fülekre nem talál,
Lassú, aljas nemzethalál.
A tanított, elvtelen közöny,
S ha az egyén túlnő a közön,

Pedig van még, kinek sorsa sorstalan,
Szívébe reményt oltana,
S tudván tudja, az Isten egy,
S veszik az ember, ha elvtelen.
De szólni gyenge, vagy csak halk talán
Tűr, míg kenyér van asztalán,
De álmatlan, hányódó éjjele,
S nem tudja, nappalát élje-e.

„Minden rajtad múlik!
Nem okolhatod a múltat,
S meg kevésbé a jelent,
Csakis a saját jellemed!

Nem mutogathatsz másra,
(hitetlen Tamásra)
Nem tolhatsz magad elé senkit,
És nem bújhatsz más mögé,
Nem lehet tied, mi másoké,
Mint ahogy tied sem lehet a másé,
(legfeljebb hitetlen Tamásé)
Sem örömöd, sem bánatod,
Meg nem oszthatod...
Te vagy,
Nagyon zárt, nagyon végletes.
Nincs, ki börtönödből alagutat ásna,
(legfeljebb hitetlen Tamásnak),
S nincs, ki falaidon átmászna.

Csak te vagy
Tudva vagy tudattalanul,
Lehetsz épp felül vagy alul,
Szíved sem lehet társé,
(Legfeljebb hitetlen Tamásé).

De ne hidd, hogy szomorúság a sorsod,
S ha az, hát majd úgy hordod
S viseled súlyos köpönyegként,
Forgatva egyre-másra,
(feladva hitetlen Tamásra)
Benne találva végre társra.

De magadra öltheted másként,
Lehet könnyű tavaszi mentéd,
Leteríthetedd magad mellé,
Hátha valaki reá telepszik,
Ki a kételyekkel végre vetekszik,
S lesz benned átütő hatás,
Nem leszel többé hitetlen Tamás.

Remény

Erjedt kovász a remény,
Ami annyi mindent remélt,
Hogy a tettek elmaradtak,
És az enyészeté lett a léte…
S most a lélek szélén szótemető,
Hitet ölő hitegető,
Álmok puha hamvas hangja,
Élettelen s halhatatlan…
Segítsetek, ne nézzetek, ne hallgassatok,
Ne kerülgessetek csoszogva, ne bújjatok a sarokba,
Hanem most tényleg, tettleg segítsetek,
Segítsetek, ne sírjatok, ne nevessetek,
Ne írjatok, ne zenéljetek,
Csak segítsetek.

Sírfelirat jelenünkön

Szívem, hitem és Istenem egy volt,
Ez büszke nemzetség virága,
Magyar volt egykor.
Sírj csak, sírj, hegedű,
De olyan bánatosan,
Hogy megremegjenek a megfagyott szívek,
És lehulljon róluk a páncél,
A sodronying és a mente,
S fedetlen valójukban lépjenek a fényre,
Fittyet hányva szégyenre, erényre,
S lassú tánccal kövessék a vonót,
Míg a húrok sírva megremegnek,
Üzenetet küldve a magyar fenyveseknek,
Miknek ölelésében évről évre
Összegyűlnek a fájó szívek.
És közös erővel, hogyha megdobbannak,
Újraéled a múlt, és kinyílik a jövő,
És a múlt vízén jövőbe úszik
A magunk ácsolt kicsinyke hajó,
S útján kíséri síró hegedűszó...

Száguldó idők hátán megkínzott keresztek,
Annyi fájdalom, mi tengert áraszthatna,
Megverve, tépve, jövőbe tekintve,
Hályogért kiáltok a hűvös fuvallatba.

Nem tudom, hogy merre is bolyongjak,
Csoszogó léptekkel, millió talány közt,
Mások világa, mások akarata,
S magam, mint bolond király, kit az idő várából elűzött.

Kenyerem száraz, vizem harmadnapos,
Nem jutok így messzi vidékekre,
Én már meg is untam a bujdosást, menekülést,
Nekem itt kell végül csudát tennem.

Ha találnék még olyat, kit egyazon élet hajt,
Ha erőt adna, s én is adhatnék neki hitet,
Mi hegyeket mozgatnánk, világot szülnénk,
S apáink, anyáink végre ledobnák terheiket.

Száguldó idők sóhaját vállainkra vesszük,
Az ő keresztjük a mi megváltásunk.
Csak remény kell, és figyelem, adott szó szentsége,
Hit kinek-kinek Istenében s egymásban.
Testvériség kusza nemzetek között,
Akárhány országban, egyazon hazában...

Szállj arra végre,
Ahol a szívedben elvérzel, szép madár!
Ne húzz magad után fellegeket,
Ne vezényelj újabb felkelő napot,
Csak kis csodákat tegyél, olyanokat,
Melyet senki sem kiált,
S melyről mindenki beszél.

Szállj magasabbra, hogyha ott a helyed,
De ne azért tegyed, hogy dicsőbb legyél.
Légy az, ki otthagyja a neki szórt morzsát,
Légy az, ki saját erejéből megél,
Sőt másokat élni segít
Oly korokban is, mikor a többség
Csak kegyelmet remél.

„Szálló fuvallattal
Dús kacaj hajadban,
Elvetetted álmunk
Tölgyfamakk alakban.

Kardom hüvelyében,
Szívem hűlt helyébe
Ólmot önt a nádor,
Csak így fogad kegyébe.

Harcok felé tartok,
Átkozott helytartók,
Lázadoztok délen,
Szörnyű halált haltok.

Akármerre jártok,
Sorsom a haláltok,
Ha elfuttok előlem,
Meghaltok, ha háltok.

Hosszú úton menvén,
Tölgyfa az út mentén,
Pihenni tövénél
Leterítem mentém.

Ücsörgök magamban,
Fűtött vad haragban,
Ölni, ölni, ölni,
Visszhangzik agyamban.

Beborít az álom,
Az álmok útját járom,
Álmom tölgye alatt
Kedvesemet várom.

Megnyugszik a lelkem,
Ez lett „csodakertem",
Szerelmedben végre
Nyugalmamra leltem.

Szegény kis népem, jól megjártad,
Kerested hazádat, aztán mit találtál.
Kerested társad, csak ellenséget leltél,
Pedig hány hegyen általszeltél.

Szegény naiv népem, jól megjártad,
Mikor ellened megszántad.
Hittél a csalafinta szép szavaknak,
Minden jöttment rút alaknak.

Szegény kis országom, jól megjártad,
Mikor saját népedet kardélre hánytad.
Elhitted, hogy ez az Isten útja,
Mi sarjaid világát így majd körbe futja.

Szegény testvéreim, jól megjártátok,
Mikor karmotok egymásba vájtátok,
S nem láttátok a besurranó tolvajokat,
Kik elcipelték addig összes javatokat.

Szegény magyar, te aztán jól megjártad,
Mint gyermek, jobb sorsodat vártad.
És elhitted, hogy különb mind a másik,
S csak az marad meg, aki csúszik, mászik.

Szegény magyar lélek, összetörtél,
Mikor ellenségben barátot öleltél.
Mikor a keltett gyűlölet megihletett,
És nem láttad: egységben él az Istened.

Szegény kis népem, jól megjártad,
Mindig mások szeretetét vártad.
Elismerést, dicsőséget kerestél,
S önmagadon kívül mindenkit szerettél...

„Szeress vagy ontsd ki a vérem,
Elérem majd a célom általad.
Ahogy az idő fuldokolva halad,
Megtanulok minden nélkül élni,
Jobb időket, szép szerelmet remélni,
Vagy nem gondolni a magányra,
Kedvesem hajdan volt szavára…
Fordíts hátat, és átkokat szórjál a fejemre,
Nyomj kést lüktető eremre,
De ne tégy úgy, mintha nem látnád,
Nem éreznéd, hogy segítened kellene.
Légy velem vagy ellenem,
De ne légy közömbös!
Közömbös ne légy!"

Te vagy a fal,
Mi önmagad zárja körül,
S nem enged szállni;
Te vagy a fal,
És önnön korlátod is Te vagy…

Te vagy a fal,
Saját börtönöd fala,
Mi bezár és hervaszt,
Ha nem döntöd le,
Mint gyermekkori hősöd,
Mint megannyi ősöd…

Önnön korlátod is Te vagy,
Fal vagy önmagad körül,
Mi nem kőből és téglából épült,
De megannyi apró pillanatból,
Ezernyi tétova mozdulatból,
Millió sérelemből,
Könnytől áztatott szemekből,
Pár dühösen odavetett szóból,
Népek némely szent sorából,

A Bibliából, a Koránból,
Erkölcsös vénkisasszonyok szavából,
Tanító bűnös haragjából...
És a félelem tartja egyben,
Mi szétporlad a szeretetben,
A kedvesed ölében,
Családod körében,
Szíved igazában,
Templom harangjában...

Te vagy a fal,
Mi önmagad önmagadba zárja,
Minek hűvöse csontodat átjárja,
S mit ledönteni neked kell,
Ne törődj ritka elleneddel...
Ezer csoda vár, ha börtönöd szállni hagy,
És tudd, az is mind Te vagy...

Temérdek temetetlen hétköznap száguld
El a vonat ablaka előtt.
Némelyik még kissé megremeg, de már
Bizonnyal az utolsót rúgja.
Ilyenkor az idő egy pillanatra megáll,
Fölé hajol; Vége – súgja...
Aztán rohan minden tovább,
Látszólagos személytelen közönnyel,
De a hétköznapok pár pillanata mélyén
Közös múlt, sors, közös bánat lapul,
Ami mégiscsak összeköt, rejtélyes kötéllel,
Míg a jelen folyton csak szapul.
S ha ezt észreveszed, egyszerre lepereg az átok,
S a vádak messze szállnak,
Már nem temetetlen hétköznapokat látsz,
Hanem a bennük élő embert, testvért,
A könnyek mögött Istent, családot,
Hideg télben tűznél melegedő közös estét...

„Tengeriszál lábakon járok,
Hosszú lépteim, mint suhanó nyilak,
Elveszett életek elébe állok,
És zsákba gyűjtöm fáradt kínjaikat.

Polipkarokkal nyúlok a jóért,
Markolom az ismeretlen kincsem,
Hozzám forduljatok vigasztaló szóért,
S nem lesz erő, mi minket elveszítsen.

Porból szőtt köpeny a vállamon,
Már az összes keresztutat ismerem;
Tetteim, szavaim, ha szégyen is, vállalom,
És minden szívben kutatom Istenem.

De ha vállamon sírtok, velem sírhattok,
Ki az én zsákomba nyúlna, az is sírást lelne,
Karjaim olykor már csak ölelő sírhantok,
Mégis boldog az, akit megölelnek..."

„Toppan a tevepata,
Taktusa terjed,
Harsan a muzsikaszó,
Bánatom ellen.

Kavarog a karaván,
Keresi a kedvem,
Lopva múlatva
Tengernyi percem.

Csoszorog a csorda,
Csodaváró csenddel,
Tekereg az élet,
Kerepelő renddel."

Tűzliliomot nyújtok át Neked,
Körénk gyűlnek a sötétlő fellegek,
És kedves szavakba rejtem az arcomat,
Mikor ránk köszönt az alkonyat.
Az alkonyat, tűzliliomtól fénylő alkonyat.

És hangok és imák és tettek,
Mind őzikékként szaladnak messze,
Ezer esztendeje omlanak a sziklák,
De új világ nem épül belőlük,
Hasztalan pusztítom a szót,
És menekülök előlük.

Tűzliliomom virág és végzet,
Könnyfakasztó, hűtlen igézet,
Századok mocskának szentelt vize,
Miben szára ázik, az élteti,
Élteti parázsló igémet.
Utolsó utamon te kövess, vagy senki,
Utolsó leheletemmel téged hívjalak,
Utolsó pillantásom reád vessem,
De bárhogy is, szíved ne temessen,
Ott én legyek örök, hogy örök legyek,
S parttalan, mint megannyi vitánk,
S céltalan, mint megannyi napunk,
S szárnyaló, mint megannyi mosolyunk,
Csókunk, ölelésünk legyen a koszorúm...

Nem fogok félni a sötétségtől,
Ha magam mellett tudlak, tudhatlak,
Ha Te vigyázol rám örökké.
Csak az fájna, ha könnyed hullana,
S szomorúság bújna a búcsú köntösébe…
Utolsó utamat tekintsed reménynek,
Mert ha együtt vagyunk a búcsúnál,
Együtt lehetünk az öröklétben!
Van-e nemzet a kusza magyarságban,
Van-e erőnk túlélni minden időt,
Ha Szózatunk is pusztulásunk' vetíti előre…
Hogy támaszkodjunk erre az erőre?

Van-e agg, ki kopjafa alatt szeretne nyugodni,
Van-e gyermek, ki magyarként játszik,
Van-e hitünk, és mire elég,
Míg köztünk a leggazabb vígan megél?

Én nem tudom a választ, csak remélem,
És ha gyermekét látom az anya szemében,
Hiszem, hogy erőnk, mint vérünk, örök,
S megtisztul végül nemzetünk.

„Végignéztem a kusza lankákon,
Fényes füvén a megannyi rétnek,
Miket bozontos erdősávok törnek
Sok-alakú, de egyenlő részbe,
Napsütötte, sudár nyírfa láttán,
Megdobban szívem hevesebbik része,
Magában rejlő titok rejti tőlünk,
Hogy mért' ily egyszerű dolog,
Mi megérint olykor, hogy hitünk felhevítse.

Záporeső szalad jócskán a távolban,
Szürke fátylát teríti a tájra,
Mint ködbe vesző, teremtő gondolat,
Mi épp eltörli az összegyűlt gondokat,
És újra élénk színeket fest a megfakult helyébe,
Szíveket tölt meg nyugalommal,
És friss gondolatot ültet az aggok fejébe.

Apró ecsetvonása lehetett csak az Úrnak
Az a kis tisztás két dombocska között,
De oly tökéletesség az az apró részletek közt,
Hogy többet mond, mit mondana bármi,
Mi terjedelmes, sok vagy otromba éppen.
Olyan tökéletes, olyan felesleges,
Hogy bizton tudom tőle, van kiben hinni,
Mert ilyet teremteni az emberi képzelet
Bizony bármit tesz… képtelen…"

Kálvária

Remélem, érzitek, hogy a megsebzett test
Mindannyiunk vérző lelkévé lett,
Hogy szent szemből hulló könnye
Szülte ma ismert könnyeinket!
Remélem, sejtitek, hogy minden stáció
Csak újabb alkalom a bűnbánatra,
Hogy keresztjét vehessük a saját vállainkra!

A bűnös papok gyarló satnyasága
Billog most minden halandó lelken,
S elevenné lesz abban, ki hamis hitet hirdet,
Haszonleső, vagy gyáva oknál fogva
Visel tisztát tisztátalan hittel,
Mint ki erős urát követte,
De gyengének látván rögtön elvetette.

Töviskoszorúd már tenéked is készen'
Már csak az kell, ki fejedre rakja;
Megácsolt kereszted már válladon hordod,
S emeli kezét ki a korbácsot tartja.

S bizony mondták néked:
A bűn bűnt szül, de jóvá tenni bűnt bűnnel nem lehet,
S a szenvedés a Kálváriáig vezető úton útmutatásod neked.

S ha nem hiszel, ha nem tanulsz,
Szenvedése, kiömlő vére írja sorsodat.
S ha csak testedben élsz, tested bejárja az utat.
Kálváriádon önmagad megfeszíted,
Hogy utolszor is esélyt kaphass:
Látsz és megbánod bűneid: megtisztul lelked és eszed,
Vagy maradsz lator, s holló vájja ki hasztalan szemed.

Ha látsz, ha hiszel, ha leborulsz,
Szenvedése megváltja tiédet.
S ha lelkedben élsz, jutalmad az élet.
Tudd, jó tetteid, csodás virággá lesznek
Benőve a Kálváriára vezető utat
Ekképpen dicsőítve az embert, s az Urat!

A szememnek barnasága földbe ásott mély verem,
Ernyedt ifjúságom lógó bőrű képzelet,
Ritkuló frizurám jóságvesztés istene,
Karcos hangom ravatalon felbúsuló bő zene.

Árnyam ha az utcát járja,
Elveszik a kőnek bája
Léptem sajgó kondulása,
A holnapnak koldulása.

Így láss, hogyha látni akarsz egyszer még egy hajnalon,
Szétszakított vallomással sejlik fel az alkatom.
Két kezed, ha átölelne, tudd, hogy tövis magányom,
Álmodozz, de a valóság hideglelő rémálom.

Lelkem, ha messzire reppen,
Jóság ül ki a szememben,
Szívem, hogyha még megdobban,
A szeretet lángja lobban...

„Csalódtál? kérdezte a hang az asztal mellől.
Magam sem tudom, válaszoltam, magam sem tudom...
De hát, összetörtek az álmaid!
Összetört sok, de van még, születik új!
Azok is összetörnek talán!
Széttörnek a hétköznapok falán...
Talán – válaszoltam csendben;
Millió gondolat fejemben...
Szóval csalódtál? – kérdezte újra.
Olykor igen – válaszoltam.
Mindenben, az életben?
A legkevésbé sem, nem, nem.
Sok mindenben, főleg önmagamban,
Igaznak hitt, elmúló szavakban,
Őszintének hitt, valaha barátban
Csalódtam, magányban, vágyban...!
De mindenben nem!
Nem értem! – csattant fel a hang az asztal mellől.
Hisz nyomorult helyzetbe kerültél,
sok mindent elvesztettél,
miközben éppen csak nyugalmat kerestél.
Talán igazad van... – elmélkedtem.
S te mégis hiszel?
Hiszek.
De hogyan, hogy tudsz így dönteni?
Nem döntöttem, nem tudom máshogy...
Mély és magától értetődő, nem kell tennem érte.
Azt hiszem a hang nem ezt a választ remélte...
Soha sem hallottam többé...”

Istennek oltárára

Létezésem érvelésem más egyebem nem maradt.
Talán tudja hát az Isten: felkínálom magamat!
Annyi a seb mit ejtettem mások lelkén oktalan,
Begyógyítani akartam, de némelyikük ott maradt.
Csupasz fővel égre nézek, szemem mennynek kapuja,
Sorsom tömegek szemében egyszerű kis skatulya.
Bántó szavak, bús rágalmak rágják egyre lelkemet,
Mégis sorsom szőke hitét e szavak közt lelte meg.
Két karomat kitárom a Kálvária tetején,
Bánat-könnyem szertehintem a megváltás mezején.
Megfeszítem testemen az „egérrágta" létemet,
Kifolyatom nyílt sebén a szégyen-járta véremet.
Megtisztul a lét a kínban, torz fájdalom mosdat,
„Halotthideg" hangulat zeng fel a jaj-dalomban.
Így múlik el létezésem, már semmim meg nem maradt,
Üres az Isten oltára, felrakom hát magamat...

A szerző

Berta Tamás 1979. február 10-én született a Balaton felvidéken, Tapolcán. Szerető családban nőtt fel szüleivel, bátyjával. A gimnáziumot Veszprémben, az egyetemet Budapesten végezte. Okleveles mérnök, közlekedésbiztonsággal foglalkozik. Fontos magyarsága, határok nélkül; különösen kötődik Székelyföldhöz. Életének középpontjában kislánya áll.

A kiadó

*Aki feladja,
hogy jobbá váljon,
feladta,
hogy jobb legyen!*

E mottó alapján a novum publishing kiadó célja az új kéziratok felkutatása, megjelentetése, és szerzőik hosszútávú segítése. Az 1997-ben alapított, többszörösen kitüntetett kiadó az egyik legjelentősebb, újdonsült szerzőkre specializálódott kiadónak számít többek között Ausztriában, Németországban és Svájcban.

Valamennyi új kézirat rövid időn belül egy ingyenes, kötelezettségek nélküli kiadói véleményezésen esik át.

További információkat a kiadóról és a könyvekről az alábbi oldalon talál:

www.novumpublishing.hu

Értékelje ezt a könyvet honlapunkon!

www.novumpublishing.hu